水中都市
デンドロカカリヤ

安部公房著

新潮社版

2136

目次

水中都市・デンドロカカリヤ

デンドロカカリヤ

コモン君がデンドロカカリヤになった話。

ある日、コモン君は何気なく路端《みちばた》の石を蹴《け》とばしてみた。春先、路は黒々と湿っていた。石は、石炭殻のようにひからびたこぶし大の目立たぬものだったが、何故《なぜ》蹴ってみようなどという気になったのだろう。ふと、その一見あたりまえなことが、如何《いか》にも奇妙に思われはじめた。

分るだろう。誰だってそんな憶《おぼ》えがあるにちがいない。思わずあたりを見まわして、他の人もそんなことをするものかどうか、そっと確かめてみたりする。確証がなくても、なに、誰だって知らず知らずのうちにしているのさと、後味の悪い独り合点をしたとたん、二、三歩先にころげていった石ころを、こんどは別な足が蹴っていた。どこかへ引きさらわれてゆく感じ、おれの心はそんなに空っぽなんだろうか、そう思ったその時なんだ。コモン君はふと心の中で何か植物みたいなものが生えてくるのを感じた。ひどく悩ましい生理的な墜落感。不快だったが心持良くもある。地球が鳴りだした。ぐらぐらっとしたとたん……まったく変なのさ、コモン君は急に地球の引力を知覚したんだ。奇妙じゃないか、引力を感じたんだよ。ぎゅっと地面に引止められた。まるで地球にはりついたよう……いや、事実はりついたんだ。ふと俯向《うつむ》いて、愕然《がくぜん》とした。足が見事に地面にめり込んでいる。なんと、植物になっているんだ！　ぐにゃぐにゃした細い、緑褐色の、木とも草ともつかぬ変形。

それから、あたりが真暗になった。その暗がりの中に、夜汽車の窓にうつったような、自分の顔が見えた。むろん錯覚さ。なんの錯覚かって、コモン君の顔は裏返しになっていたんだ。あわてて顔をはぎとり、もとに戻した。瞬間、すべてはもとどおりになっていた。

急いで歩き出し、もし誰にも見られていなかったら何食わぬ顔でと、見まわすとやはり気のせいかこちらをじろじろ見ているやつがいる。慌《あわ》てて、二、三歩行ったところでまたつまずいたようなふり、それが如何にも靴のせいなんだといわんばかりに俯向いてみせたりしながら、きっとこれでごまかされてしまうだろう。錯覚だったと思うにちがいあるまい、などと、そのことはもう考えないことにして……。

それからまる一年何事も起らなかった。コモン君も初めは不安だったが、そろそろ忘れようとしはじめていた。自分でも錯覚だったように思われるのさ。ところが一年たった翌年、やっぱり春のことだった。突然またその病気が再発してしまったんだ。ある日コモン君はこんな手紙を受取った。

あなたが必要です。それがあなたの運命です。
明日の三時に、カンランで……
Kより

一目で分る、女文字である。叫び出しそうになる胸をぐっとおさえて、コモン君は考えたよ。K……、はて、誰だったろう？　分るようで、分らない。まったく見当がつかないのに、よく知っているような気もする。考えるうちに、暗示にかかってしまった。Kという名の恋人が、たしかに居たような気がしてくるのだ。その手紙を、折目が変らぬよう注意深くもと通りにたたみ、封筒にかえすと、両手の掌《てのひら》の間にぴったりとはさんで、じっと立ちつくした。手のひらが、眼になり、耳になり、鼻になり、口になり、しまいに手紙の中に融込《とけこ》んでゆくみたいだ。その封筒を注意深く二つに折って、内ポケットにしまった。彼の眼は手紙の文面より先を見てはいなかったし、後も見てはいなかった。そこにあるだけのことで、申分ない気持だった。

ところで、夜が明けた。一晩中ひどい風雨が窓を打っていたが、晴れていた。まだちょっと早かったが、一時過ぎ、アパートを出た。振返って、部屋の窓ガラスの割目の魚の形と、何んのために使ったのか軒に下っている腐った縄とを想出《おもいで》にとどめてから、びちょびちょと黒くしめった道の、それでもところどころまだらに残ったアスファルトの部分を選んで踏んでゆく。はっきり事態をたしかめておきたかった。たとえコモン君の場合でなくたって、いささかの感動もなかったなどと言えるだろうか？風が這《は》ってたよ。コモン君は肩で息をしていた。

珈琲舗《コーヒーほ》、カンラン。

それが目的の店だった。

コーヒーを一杯、それに浮立つ心に合わせてピーナッツを一袋。通りの見える窓ぎわの片隅に腰掛けて、様々な想いを心の中に解き放つ。なんという突然だったろう。

心のどこかで願ってはいたかもしれぬ、けれど、気づかないということは、なんていう恐ろしいことだろう。おれは多分そのKという娘と、この机を前に向い合って、時おり、理解されない愛の訴えなどを静かに聞いていたんだ。しらずしらずに、今日という日が用意されていたんだ。素晴らしい、素晴らしいと心の中で繰返して見る。今になってみれば、こんなこともずっと前から予期されていたことなんだと、そんな気持になっても別段の不思議もなさそうに思われる。待っていたんだと、自分に言いきかせても一向に不都合ではない。こうなるべきだったんだ。コモン君は人目につくほど、独り笑いをもらしてしまう。

そんなとき、なんでも物が大きく見えるのだろうか、まるで虫眼鏡をあてたようなのさ。椅子《いす》の八割を占めたお客の顔の、鼻のわきの黒子《ほくろ》や、耳の下のいぼや、半かけの金歯や、長くのびた鼻毛が変に目立つんだ。ジャケツの男の指輪の鍍金《めっき》がはげていた。セーラーの襟《えり》を広くはだけた女学生のスカートの前に褐色の小さな汚点がついていた。顎《あご》の肉がカラーを押しつぶしてる、中年男の肘《ひじ》の下の机に、誰が刻んだのか矢のささったハートがのぞいていた。黄色い頬のとがった学生が激しい弁舌をふるっている前で、目の小さな肥《ふと》った娘が、しきりに顔にかかる唾《つばき》をぬぐっていた。その足元の、恐らくどんな視線も行ったことがないにちがいない、処女地のような壁ぎわに、小さな穴が開いていて、ねずみがそっとこちらをうかがっているらしい様子、床は水を打ってあり、ほこりが白くふけのように浮いていた。

コモン君は全部にすっかり満足して、視線に飽和した部屋の中から押出されるように外を見ると、省線の駅に近いにぎやかなアスファルトの道は、もう白く乾いて、混り合う影までが白っぽく乾いて浮いていた。

自動車が並んで、その乾いた影を粉々に砕き、吹上げて走り去る。

二時十分。

ドアのところにねじ飴《あめ》のようにつっ立った大男……。ジロリとコモン君をにらむ。コモン君は首のあたりの蝶番《ちようつがい》が外れてぐっと二つ折れになり、眼球と心臓とがぴったり合わさったように思った。

まさか！

いや、大男と思ったのは、逆光線のための錯覚で、しかしむろん少女などではない、黒い詰襟、厚ぼったい眼鏡をかけた、ずんぐり男だ。巾があるくせに凸凹の多い、歪《ゆが》んだ顔。薄っぺらでつややかな鼻を中心に、右側全体がつり上って、ことに右の眼は、眼鏡の奥に空洞のように広がっている。細い左眼で吸いよせ、右眼で飲みこんでしまう、そんな眼。こめかみのところには、事があればいも虫のように動きだすにちがいない筋が腫物《はれもの》みたいに浮出ている。

（Kなんだろうか？）……まさか！　ところでそいつはぐるっとひとあたり見廻すと、まるでちゃんと予定してでもあったように、たった二足で、コモン君の前に掛けちゃった。びっくりしたよ。思わず腰を浮かせ、何か言おうとすると、じろっとにらむじゃないか。コモン君は、椅子の具合をなおしたんだと、そんな素振でごまかすよりほかなかった。どうしたらいいだろう？　こんな男がKであろうはずがない。あんなやさしい字を書くわけがない。そうとも、Kはおれの恋人、美しい少女でないはずがない。畜生、なんだってそんな所に坐《すわ》るんだ。それとも……と、やや不安になって考える。こいつ、K嬢のことを知っていて、妨害に来たかな。そう思うと、気が気でなくなった。K嬢が店に入ってくる前に、なんとか連絡する工夫はないものだろうか。今から駅の前に行って待っていてみようか。しかし、万一バスでやって来たらどうしよう、向うのタバコ屋の角で見張っていようか、だが裏口のほうから来たらどうしよう……。そろそろ落着をなくしかけた鼓動に合わせて、頭の上の柱時計の廻転までが目に見えて早くなる。時間が、指の間からこぼれ落ちる砂のように感じられる。

気圧のような圧迫を、追いはらうように、顔を上げた。やつは、空洞のほうの片目で、コモン君の眼を、腹の中まで見すかすようにのぞきこんでいた。何から何まで知り抜いているといった顔つき……コモン君も、そうかもしれないと思った。いや、そんなはずはない、俺の顔だって知るはずがないじゃないかと、一応は何処《どこ》かで打消しても、すぐ別なところで相手がすべてを知っているのだという自分にも分らぬ、そのくせ分ればもっともだと納得するにちがいないらしい、すくなくもそう思われる論理みたいなものが、にょきにょき生えてくる。こんな感じは前にもあった、なんだったっけ？　窓のすぐ外の電柱のビラが、ふと意味あり気に目くばせした。

緑化週間……。

ああ、そうだ、植物だ。

不吉な予感に、コモン君は眼を伏せ、胸がすぼまってゆく感覚を情なく思った。運命……。運命は闘いとらなければならぬ、という文句も、あながち無縁ではなくなった。何事か起らなくてはすまされない。始めて、コモン君は、これからK嬢が届けてくれるはずの生活が、どんなに大切なものであったかをしみじみ感じた。

よし、どんなことがあっても、K嬢をこの男から守らなければならない。

二時五十分。迫ってきた。コモン君は注意深く、道ゆく人々の間に目をそそいだ。代金を数えて机の上に置き、見えたらすぐに飛んでゆくよう身仕度した。しかし外見は何事もなさそうに、落着いていなければならない。コモン君は頭の中で、絶えず目の前の男との間に、丈夫な石の壁をきずきつづけなければならなかった。なにしろ、あの眼のことを想浮べると、いくら積んでも、積むはじからくずされてゆくような気がしてならないのさ。つとめて見るのをさけはしたがちらついて仕方がない。後向きになっていてさえ相手の勝誇った薄笑いが見え、どうにもならぬ始末なんだ。だから、むろん外を見ていれば安心出来るというわけではなかった。次第に外の動きが激しく思われ、ともすれば意識が遅れがちに思われだした。意識が外界の動きに充分追いついていれば、どんな動きも静止状態に飜訳されてしまうのだが、どうも具合悪い。すべての動きが追いつけないでいる意識の中にぼんやり動きのままの尾を引くんだ。眼がまわる、というのはこんな状態の形容なのだろうか。どこかで、複雑なカット・グラスがぐるぐる廻りながら、光の機械を組合わせているようだ。大小さまざまな自動車やリヤカーや、洋服や足取が、次第に灰色の影になって強い光の層の中に融けてゆく。このめまぐるしい光の楽譜の中からでは、彼女がやってくるのを見分けるのも大変だ。確実な目標になる特徴を想出そうとすればするほど、たよりなく、見はぐらかしそうな気がしてならない。ひょっこり、不意に、店の中に現われている、っていうようなことになるのではないかと、恐ろしくなってきた。それに、益々《ますます》自信を失ったのは、こんな大事なときに、ふと気づいてみると、例の緑化週間のポスターにまじまじと見入っているではないか。

どうしたんだ。きっと疲れたんだ。

思わず空を見上げていた。

そう、空を見上げていたんだ。するすると、天が眼の中へ流れ込む。重い天が、やがて全身に充満して、いやでも内臓は体の外部に押出されて行った。顔の上では、どこにいこうかとためらっているあやふやな腰つきの誰か……、見ればむろん自分にちがいない。暗闇《くらやみ》にうつる自分の顔。地球がどろどろと鳴っていた。気持のよい飽和感の酔い、とうとう発作が始まったんだね。

やがて、一年前の体験とそっくり、顔が裏返しになり、いつの間にか全身ほとんど植物になっている。草とも木ともつかぬ奇妙な植物、指先は葉になっていて、形は菊の葉に似ていた。あまり見ばえのしない、しかし見馴《みな》れぬ植物。こわばって、もうよく動かなくなった体を必死になって、やっと顔をつかみ、引きはがし、なんとか表にむけると、瞬間、すべては元どおりになっている。

いや、元どおりじゃなかった。何時《いつ》の間にそんなに経《た》ってしまったのだろう。知らぬうちにもう三時半だった。やつはもう居なかった。約束の時間はすぎた。彼女はコモン君が植物に変形しつつあった最中にやってきて、難なくあいつに連れ去られたのに相違ない。それとも、と一番いやな考え……彼女なんて結局居なかったんじゃなかろうか。Kというのはやっぱりあの男自身だったのかもしれない。こうなると、いやでも、そう考えたほうが楽だった。しかし、彼をとりかこむ、いばらのような店中の目、どう考えたって、楽になんかなるものか。とても目を上げる勇気はなかった。恥じらいと絶望にうちのめされ、コモン君は逃げるように店を出た。

雑沓《ざっとう》にもなじめなかった。すべてが自分の義務までをも拒んでいるような気がした。とにかく、誰も呼びとめる者がなく、侮蔑《ぶべつ》もされず、拘束もうけぬのが不思議なくらいだ。しかし、この自由が次の瞬間まで持ちつづけられようとはとても信じられなかった。何時になったらこの時間が終るんだろう？　自分で終りをつげるなんて、てんで思いもつかないのさ。ただ歩き続けた。人の流れに乗って流れた。青信号のあるほ

うへ道を選んだ。静かになったり賑《にぎ》やかになったりした。何処かで広告塔が喋《しゃべ》ってい
た。
「ただいまは緑化週間です。御通行のみなさん、おたがいに樹木を愛しましょう。植
物は、わたしたち廃墟《はいきょ》の心に調和を与え、街を清潔に、美しくするものです……。」
ここは何処だろう？　むろん道に迷ったんだね。変なところだった。丘の上の焼跡
で、こげた塀ばかりがつづいていた。太陽の具合では、もう五時をまわっているにち
がいない。人気はまるでなかった。コモン君は急に疲れを覚えた。塀のない空地があ
った。今度の体験で、自分が現在どんなに危険にあるか、もし此処《ここ》で足を止めればど
んなことになるかよく分ったが、それでも何故《なぜ》かその空地の切石に腰を下ろさずには
いられなかった。坐ってみると、顔が、ほとんどぐらぐらになっていて、ほんの一寸《ちょっと》
した動機ででも、たちまち裏返ってしまうにちがいないことがさらにはっきり感じら
れたが、やはりどうにも仕方がない。顔はどうやら裏返りたがってるようだった。表
を向いているほうが却《かえ》って無理らしいのさ。コモン君は両手でしっかりと顔を押さえ、
体をぶるぶる震わせてみた。顔は手をすりぬけて、なんとか裏返ってやろうと身をく
ねらせる。まるで、生きた魚をつかんでるようにいやらしいのさ。思いきって顔をひ
っぱがし、投捨ててしまいたくさえなった。だが待てよ、そんなことをしたら、後に

何が残るだろう？　急にぐったり、疲れが増して、思わず手をゆるめてしまった。

今度ははっきり自分が植物になってゆくのを意識した。というより、外界の一切が自分になり、自分でない、しかも今まで自分だった管のような部分が植物になるのだと思った。しかしもう拒む気はなかった。広告塔の言うとおりじゃないか。わたしたち廃墟の心に……、ここで一本の植物になり果てよう。そう決心してしまえば、植物になることも、やはり一種の快感なんだよ。なぜ植物になってはいけないんだ！

ただ、この世のはかなさをすごすためなら

何故？　とりわけほの暗い緑の中で

葉の縁々に小さな波形を刻む

月桂《げっけい》の樹《き》であってはならないのか？

……………

コモン君はそんな詩句を想浮《おもいうか》べていたのかもしれないね。

焼跡にしかみられない錆色《さびいろ》が、彼の中にも滲込《しみと》んでくるらしかった。柱のようにつっ立っている、焼残った煖炉《だんろ》には、地図のように薄桃色がにじんでた。それでも、ぼろぼろになってちらかっているスレートや瓦《かわら》の間から、雑草は生えてくるらしかった。

それら、意識の向う側で起っている廃墟に、今さら逆らっても始まるまい。このまま植物になってしまおうと、コモン君はすっかり決心してたんだ。

そのままだったら、コモン君は実際植物になってしまっていただろう。その時、思いがけぬ声が彼をおどろかしさえしなかったら、きっと植物になり果てていたことだろう。

「やっぱり、デンドロカカリヤだ！」

声は耳の内側からひびき出したように聞えた。顔が裏返しになっていたんだから、無理もない。

くずれた門柱の切石のかたわらの、うずくまるように立ったみじめな植物のかたわらに、黒い詰襟の、厚ぼったい眼鏡のずんぐり男が、下ってくる眼鏡を押上げ押上げ、人目をはばからぬ淫蕩《いんとう》なと言ってもよい薄笑いを浮べながら、四角い大きな手で、その植物をものほしそうにいじりまわしている。むろんその植物がコモン君である。そしてその男は言うまでもないカンランに現われた例の男である。それにしても、どうしてこんなところに現われたのだろう？　跡をつけてきたのかな？

「そうだ、デンドロカカリヤだ。」

男はくすくす笑った。

そして、どういうつもりかポケットから、キラキラ光る海軍ナイフを取出した。

コモン君はぎくりとして、思わず体を動かしかけたが、もうほとんど変形してしまったので、間に合わない。

「内地でデンドロカカリヤが採集できるなんて、まったく珍しいことだよ。」

そう言いながら、男はいきなりナイフを振上げ、足元の土に、ぐさりと突刺した。

そのとき、まったく偶然だったね。まだ微《かす》かに跡を残していたコモン君の顔の部分に、ぐっと強く男の肩がさわったのさ。顔は下から突上げられ、外れると、かさぶたみたいにはげかかったよ。一寸の間だったが激しい刹那《せつな》だった。ほんの僅《わず》かだったが、急激につきもどされ、いくらか動くようになった手が、思わず顔を元に戻していた。

グルーと男は喉《のど》の奥で鳴き、路《みち》をへだてた向側の焼けた石塀まで飛びしりぞくと、ぴたりと貼《は》りついてしまった。

植物のあった場所に、コモン君は人間の姿で忽然《こつぜん》と現われていた。

コモン君は自分でも事情がすっかりは飲込めなかったよ。事のなりゆきはどうも意識の外にあったらしい。ほっておけば、顔はしきりと裏返りたがるものらしいが、手というやつは、反対にともかく顔を表向きにしようとしたがるものらしいのだ。

それればかりでない、手というやつは実にいろんなことをしたがるものだ。足元の土に突刺さっているナイフを見るともなしに見詰めていると、「アア!」持主の困惑した叫びにもかまわず、手はいきなりそれを拾上げ、さっさと内ポケットにしまい込んでしまったじゃないか。コモン君はただぼんやり、どうでもいいと思っただけだった。すると、足までが見くびったのか、さきほどからいくらか落着をとり戻し注意深く探るようにこちらをうかがっている男の前を、訳もなく走りはじめたよ。コモン君は、やはりどうでもいいと思いながら、幾分坂になっている塀ばかりの道をどんどん駆けぬけていった。

やがて足音が二重に聞えてくるのに気がついた。山彦のようだったが、山彦ではなかった。一つの足音は、たしかに自分の足取とは無関係なリズムをもっていた。しかし、ひょいと立止ると、その足音も消えた。足もとの、ほとんどごみに埋れた下水溝を、水がどくどく溢《あふ》れている。丁度枯葉が流れてきたので、それについて歩きはじめると、そら、もう一つの足音がまた聞えはじめる。つと振向くと、三十メートルほど後ろの塀の陰に、ずんぐりの黒服が魚のように身をひるがえしたのが見えた。

電車の音がした。そっちのほうへ、足を早めた。

夕方、もうほとんど暗くなってから、悄然《しょうぜん》とアパートに戻った。首を傾《かし》げ、部屋の真中に、何かを想出そうとするらしく何時までもじっとつっ立っていた。やがて顔の中心に困惑の隈《くま》が出来、それが変な舌打をした。椅子《いす》に掛けて目を閉じた。毛布もかけずに、そのままぐっすり眠ってしまった。よっぽど疲れていたんだね。

昼すぎ、やっと目がさめた。何時からか風がやんで雨になっていた。しげったやつでが濡《ぬ》れて窓にはりついていた。

やつでの葉をすかして通りをのぞこうとしたコモン君は、ぎょっとして身を引いた。窓の下を、黒服のずんぐりした男が濡れながら、ゆっくり歩いてゆくのが見えたのだ。おびえたように窓のかげに立ち、コモン君は幾度も生唾《なまつば》をのみ下す。

しばらくして、ぼんやりもたれていた机から身を起すと、外に出た。

どこに行こうとしているのか、自分でも分らなかった。ただ何かをつきとめよう、何かしなければならないという衝動。停留所の前に雨宿りしていた人々が軒下を離れて雨の中に出て行った。開いた傘をすぼめる者もいた。電車が来たのだ。蒸気のようにけむった人間を満載し、緑の皮膚に汗を流しながら苦しそうに身もだえ駈《か》けこんできた電車を見ると、何故か、追立てられるように、真先に乗込んでしまっていた。

窓が濡れていたのでよくは見えなかったが、さっきやつでの葉蔭にちらついてコモン君をひどくおびやかした黒服がすっと窓の外を通りすぎたように思った。見とどけようと思ったが、電車はすでに大きくカーヴを切っていた。


「図書館前……」

電車の車掌の呼声を聞き、成程そうだったというわけで、とっさにコモン君はおりる決心をした。人間が植物になるなどということが、これまでもあったことなのか、あったとすれば、どういう理由でか、一つしらべてみようというわけだ。

まず最初に想いついたのは、ダンテの神曲だった。たしか、人間が植物になる地獄があったっけ。自分の身に現実に起きたことの理由を求めるには、いささか非科学的だとは思ったが、しかし何かの手がかりにでもと、とりあえずカードに書いて係員に示す。と、まるで彼が借りに来るのを待っていたみたいじゃないか、すぐ引替えに本が手渡され、

「八十二頁《ページ》をお読みなさい。」

驚いて顔を上げると、係員は例の黒服だった。狼狽《ろうばい》して、追いつめられたみたいに

席につく。シオリがちゃんとはさんであって、八十二頁が自然に開いた。

地獄篇第十三歌、ピエエル・デルラ・ヴィニアの物語……

「しかしてこの暗き森のかなたこなたに、ひとつびとつの肉体は、そを虐《しいた》げし魂なる、いばらの上に懸けらるべし。」

ダンテによれば此処は第七獄の第二の円であり、自殺者が受ける罰だというのだが……。しかしコモン君が自己に対して何を働いたというのだろう？　フェデリイゴの心の鍵《かぎ》を二つながらに持ったピエエル・デルラ・ヴィニアとは較《くら》ぶべくもないとしても、ミノスに裁かれるほんの一寸した理由でも想像できれば納得したのだろうが。やはりコモン君には、なぜ自分が自殺者の罪に問われなければならないのかさっぱり分らなかった。しかし、全篇をもっとよく注意して読むと、いくらか理解出来るようであった。つまり、地獄に堕《お》ちた人間は、地獄にあっても、決して罪の意識を持たないものなのだ。ここには罰だけがあって罪はない。してみると、コモン君は判断せざるを得なかったわけさ。つまり俺は知らずに、既に自殺してしまっていたのかもしれないとね。

何も彼《か》もが顔を伏せているような図書館の廊下を、コモン君は、更にいっそう深く顔を伏せて走った。厚く油をしいた床に足がめりこむようだった。すれちがう人々は皆光を恐れていた。そして、機械のように身を保っている館員たちは、光に対して頭を上げる不届者を厳重に見張っているらしかった。それは、単に窓がみ、み、ずの眼のように退化していたせいばかりではなかっただろう。コモン君の心の瞼《まぶた》が、重く垂れ落ちていたからに違いないのだ。また、寒気がするのは、雨に濡れたばかりでなく、此処だけが季節に取残されて、まだ春が来ていないためらしかった。

不思議な瞬間があった。ふと時間が停ったような静寂、そしてあたりの人々がいっせいに植物になる……。むろん錯覚かもしれなかった。あまりに短い刹那だった。しかし、コモン君は地獄だと思った。

入口のところで受付の男にぎゅっとつかまえられた。

「何んです！」

なにか言おうとして顔を上げると、またしても例の黒服じゃないか。それは自殺者の樹々をさいなむ怪鳥アルピイエ、挿絵でみたあの顔だ……、コモン君はいきなりその手をふりほどき、顔を押さえた。はげかかったんだね。そして、後も見ずに駈けだしていた。

けれど、外に出てもほっとするわけにはいかなかったよ。なにしろ雨は益々《ますます》細かく、霧のようになって街々を満たし、すっかり空気が不足してしまっていたからねえ。まるで古池の中の魚みたいなものさ。逃げるように足を早めたが、地獄は何処《どこ》までも後をついて街の中に延びてくるようだった。

今さらほかに行場もないので部屋に帰ると、ふと想出して例の手紙を内ポケットから取出した。ところどころ角がすれていたが、まだきれいだった。読みかえしもせずに、隅のほうから静かに引裂いた。そのひとひらにマッチをすると、消えないうちに次のひとひらに火を移し、つぎつぎと全部燃えつくすのを見詰めながら、コモン君は何時《いつ》の間にか手紙よりも火そのもののほうに気を奪われてしまっていた。

恋人だって？　馬鹿《ばか》らしい。うまくだまされたよ。見ろ、燃えている。恋人がこげている。音楽の底で鳴るコントラバスだ。イアペタスの息子たちの歌声かも知れぬ。あるいはこれがプロメテウスの火だろうか。人間の圧制者であり、親殺しのゼウス一族を山上から追放するために送られた火だろうか？

最後にさっと白い煙をあげ、ちりちりと色の変った紙の中に、遠い街の灯が見える、不意にコモン君は顔を覆《おお》って立上った。変形の発作がきたんだよ。誰かが火を奪うのだ。突然コモン君は理解した。植物への変形はゼウス一族の仕業にちがいない。

すぐその足でまた町へゆき、方々探しまわって、ようやっと一冊のギリシャ神話を手に入れた。ゼウス一族によって、植物にされた人々の物語を確かめる必要があったのだ。

まず、アポロに掠奪《りゃくだつ》されようとして、ペニーオスに救われ月桂樹になったダフネ。しかしコモン君には、どうしても救われたとは思えなかった。やはり、ここにもダンテの地獄があるのではないだろうか。だってそうだろう。ダフネはペニーオス河に身を投げようとしたんだよ。しかし、やはりそれも救いだったのかもしれない。月桂樹は人間よりも救われている……とは言っても、やはり素直に受取れなかった。救われたのではない。単にゼウス一族の手の届かぬ罰の中に変形したというにすぎないじゃないか！　パンに追われて葦《あし》になったシリンクスも同じだ。

また、風信子《ヒヤシンス》になったユアキントゥスはアポロの、バラになったアドーニスはアフロディテの、それぞれ結局はゼウス一族の追憶のための記念にしかすぎない。

ヘリアデスはゼウスの犠牲になったファエトンの身を悲しむあまり、からまつになったのだった。向日葵《ひまわり》になったクリチアも、アポロの犠牲でなかったと誰が言えよう。最後に黄水仙になったナルシスが神の同情であったとしても、それはただ死への自由を与えてくれたのにすぎなかったのではないか。そこには絶望そのものの自由があるにすぎない。

結局、植物への変形は、不幸を取除いてもらったばっかりに幸福をも奪われることであり、罪から解放されたかわりに、罰そのものの中に投込まれることなんだ。これは人間の法律じゃない。ゼウスの奴隷《どれい》たちの法律だ。新しい、もっと激しいプロメテウスの火がほしい！

ある日、またドアの隙間《すきま》に、こんな手紙が押込まれていた。

デンドロカカリヤ・クレピディフォリヤ殿——
貴方《あなた》が、母島列島以北に存在するとは驚きましたよ。まったく珍奇なことですわ。是非お目にかかりたい。今夜の六時に参ります。
K植物園長より

ああ、アルピイエからだ。コモン君は、すぐあの黒服を想浮べる。腹が立った。たしかにどうも、ひどい手紙だね。

アルピイエは六時きっかりにやってきた。

地獄の怪鳥というよりは、ゼウスの使いであるような気がした。腹を立てていたコモン君は、そう思うと、お客なんかそっちのけに、いそいでギリシャ神話を調べはじめたものさ。想像は当っていたよ。アルピイエは、ネプチューンの女、水の女たち……、さては火を消しに来たんだな！

コモン君は相手の言葉を待たずにいきなり切出した。

「あなたの素性をしらべていたんです！」

「ほほお、それは上出来！」

意外な金切声。コモン君は次の発言を相手にゆずったよ。

「して、何んです？　ギリシャ神話。ほお、何んて書いてありました？」

「アルピイエはネプチューンの女、鳥の形をせる怪物……、」

「そいつは面白い、しかしデンドロカカリヤさん……、」

「コモンです。」

「いやデンドロカカリヤさん、ギリシャ神話とは少し非科学的ですね。そいつは有害無益ですよ。もっと面白いことをお話ししましょうか？　ティミリヤーゼフの植物の生活を読みましたか？　こんな言葉がありますよ。植物と動物は質的な相違でない。量的に異なるだけである。つまり、科学的には、植物も動物も同じことだというわけですね。こいつアいいじゃありませんか。極く没価値的な認識です。私の考えでは、植物とは精神分裂とアナロジーだと思いますな。現代のホープですよ。植物は現代の神々であり、数多《あまた》のヒステリー共が信者になってそれに倣《なら》うというわけでしょう。しかしそれは不純な認識だ。私にはティミリヤーゼフの定義だけでよろしい。そこで……、」

「あなたは火を消しに来たゼウスの使いだ！」

「おや、とんでもない。私はただ敬意を表しに来ただけじゃありませんか。どうも苛《いら》立《だ》っていらっしゃいますな。まあ、聞くだけ聞いておいて下さい。言うだけ言ってしまいましょう。つまり、私は、あなたに植物園の一室を提供しようっていうわけなんですよ。そりゃ、母島の気候と寸分異《ちが》わないように、充分な設備がととのえてありますとも。まあ極楽ですな。それに、政府から保証されています。どんな危害をこうむることもありません。現に植物になった沢山の人が、私のところで一番平穏に暮していますよ。」

「沢山の？」

アルピイエは慌《あわ》てて唇に指を押しあてた。

「しっ！　誰にも言っちゃいけませんよ。貴方方はねらわれているんだ。商売人にね。

しかし私のところは違う。安全だ。政府の保証ですからな。私に目星をつけられた人々はみんな幸福ですよ。」

「幸福だって！」

「いやいや、幸福じゃなくったって……、幸福だの不幸だのなんて、一体なんの役に立つんです。どうでもいいじゃありませんか。要するに、ますます純粋に、豊富に存続しつづけるということが問題。そうじゃないですか。まあともかく、思い立ったら、ぜひ一度植物園をお尋ね下さいね。きっと気に入りますとも。是非ひとつ、お待ちしてますよ。ねえ、考えてもごらんなさい。うっかりそこらの路上で発作を起してもしたら、え、一体どうなるでしょう。いたずら小僧の、わからずやに、ただの雑草だと思われ、ちょんぎられるのが関の山じゃないですか。桑原《くわばら》々々、人事だとは言え、考えただけでも恐ろしい、お願いですよ。来て下さい。あなたのためだと思うのが厭《いや》なら、私のためだと思って……、とにかく見ちゃおれませんよ。」

「アルピイエ……」

「ああ、デンドロカカリヤさん。誤解だ誤解だ。どうか、もっと科学的に考えましょう。アルピイエなどとは、不穏です。一体あなたは植物化をどうお考えなんです？」

「ゼウスの奴隷たちへのお情けでしょう。アルピイエが火を消して、人間を不毛の罰に追い込むことだ！　そして、それを美しい犠牲だと呼ばせるつもりなんでしょうよ。」

「とんでもない！　妄想《もうそう》だ！　植物こそロゴスの根元じゃないですか。なんということだろう。まるで神話ですな。それも全く古い神話です。新しい神話では植物が神々ですよ。植物は純粋そのもの、その日用語から追放された憐《あわ》れな言葉を、高い心臓の鼓動にする。」

「植物の心臓？　植物は心臓のための犠牲だ！」

「駄目だ、駄目だ。」

「何が駄目だ。内臓を葉にして表面に引きずり出し、お前のついばみ易《やす》いようにしてあるんじゃないか。」

「ああ、デンドロカカリヤさん。もう何も言わない。とにかくティミリヤーゼフを読んでごらんなさいよ。そしたらもっと気が落着きます。そしてよく考えてみて下さい。きっと私のところに来る気になりますよ。すばらしい温室です。それに政府の保証です。じゃさようなら。期待して待ってます。きっといらっしゃいますよ。賭《か》けてもいいくらいだ。」

「行くものか！」

「来ますとも！　まあいいや、それはそうと、私は始終あなたをつけまわすからって、気を悪くしないで下さい。路傍で、いたずら小僧にむしられるなんて、ナンセンスですからな。義務を感ずるんですよ。ではまた、いずれ……。」

可哀そうに、コモン君は興奮のあまり何時までも慄《ふる》えがとまらなかったよ。三日も慄えつづけていた。夜もほとんど寝ずに、考えていたんだ。

ほとんどすべての人に隠されているものが、コモン君にだけ露《あら》わになった……、それは別段特別なことではなかったのかもしれぬ。必然の中を乞食姿《こじきすがた》で巡礼していた偶然が、たまたま彼の門を叩《たた》いたにすぎないかもしれぬ。

ある朝、まだ薄暗いころ、コモン君はそっと部屋を出た。アルピイエから奪った海軍ナイフをポケットに入れていた。やっと一番電車が喘息《ぜんそく》のような音をたてている。ついに決心をしたんだよ。どうせ俺はいずれ植物に変形をまぬがれない。すでに、この世に在ることが自殺者である俺だ。死から追われてしまった以上、身を亡《ほろ》ぼす不安なんかあり得まい。アルピイエを殺そう。人間から火を奪うアルピイエを殺してやろう。出来れば温室の中に閉込められている仲間を救ってやろう。

寝込を襲ってやるつもりだったのに、どういうわけか植物園の人達はもう起出して、何やらせっせと仕事に精出していた。

「やあ、デンドロカカリヤさんじゃないですか。いい時にいらっしゃいました。今日はちょうど緑化週間の花形、植樹デーなんですよ。多分今日あたりいらっしゃるだろうと思っていました。どうぞ、まあ、こちらに。早速わたしたちの温室を見てやって下さい。美しく着飾った有名人の家族連が、はるばる参集の予定なので、これ、このとおり、植物たちも着飾りました。葉を一枚一枚ていねいに磨き上げ、その上ごらんの通りのテープ、万国旗。ひとつ、今日は一日にぎやかにやりましょう！（それから一寸《ちょっと》声をひそめて）あなただってこれなら淋《さび》しかないでしょう。立派なもんですよ。なかなか良い所でしょう。はっはっは、やっぱり、賭は私の勝でしたなあ。」

広々とした温室だった。スティームがほどよく通って、ガラスは汗をかいている。コモン君もぐっしょり汗をかいてしまったよ。しかし、ナイフをしっかり握りしめて、相変らずがたがた慄えていた。そり反《かえ》ったのや、いじけたのや、とろけるように垂れ下ったのや、重そうに腰を折っているのや、光ったのや、けば立ったのや、つるを噴水のように中空に走らせているのや……、すべての植物がコモン君を暗い悲しみにつきおとすのだ。

折よく、噴霧器で何かを撒《ま》いていた二人の男が出てゆき、温室には園長と、コモン君と、もう一人反対側の隅で、せっせと書物をしている助手との三人だけになった。コモン君はあたりを気にしながら、ゆっくりナイフを突き出した。

「アルピイエ、最後だ！」

すると園長は不思議そうに、ナイフを一寸つまんで取上げると、

「おや、これは私のナイフだ。ああ、そうそう、あの焼跡の時でしたな。」

きっとコモン君は完全に疲労しきっていたんだね。それにしても、こんなに間のぬけた、こっけいな結果に終ろうなどとは予想もしていなかっただけに、驚いて、驚きから立直る力は、もはや無かった。ナイフを取られてしまったのに、まだ突出した時の格好そのままで、手を引込めるのも忘れてぼんやり立ちつくすばかり。ああ、コモン君、君が間違っていたんだよ。あの発作が君だけの病気でなかったばかりか、一つの世界と言ってもよいほど、すべての人の病気であることを、君は知らなかったんだ！　そんな方法で、アルピイエを亡ぼすことは出来ないんだよ。ぼくらみんなして手をつながなければ、火は守れないんだ。

「アルピイエ、俺の負けだった。」

「負け？　それに私はアルピイエなんかじゃありません。勝つも負けるもないじゃあ

りませんか。」

「あなたを殺すつもりだった。」

「とんでもない。まあ、デンドロカカリヤさん。こうなった以上、あまり手間取らせないで下さいな。植物にとっての晴の日じゃないですか。絶対にあなたの為《ため》です。政府の保証つきですよ。」そして奥に居た助手を呼んだ。

「M君！　デンドロカカリヤさんの仕度だ。場所に案内してくれたまえ。」

温室を這《は》いまわっているスティームの管で、幾つにも仕切られた、その仕切の隅っこに、コモン君は連れて行かれた。園長と助手が、両側によりそって、むりやり大きな植木鉢に乗りつけた。そうしなくても、コモン君にはもう抵抗する気力など無かったろうね。

そろそろ夜が明けはじめていた。ガラスの汗はいっそう激しく、蠟《ろう》のようにしたたり落ちていたよ。コモン君のすぐ後には、得態の知れぬ熱帯植物がのしかかっていて、一寸体を動かすと、ぱさぱさと団扇《うちわ》のような音をたてた。

「デンドロカカリヤさん、いいですか？」

コモン君は弱々しくうなずいた。

眼を閉じ、まだ昇っていない太陽の方へ静かに両手を差しのべた。

たちまちコモン君は消え、その後に、菊のような葉をつけた、あまり見栄《みば》えのしない樹《き》が立っていた。

新米の助手は考えた。なんだ、大したやつじゃなかったな。

しかし、どうしてか園長は笑いを止めることが出来なかった。威厳をつくろうとしても、歯の間から、唇の間から、すうすう笑いがもれてどうにもならないのさ。とうとう大声で笑い出してしまったよ。助手も、訳が分らずに一緒に笑った。笑いながら、園長はカードに達筆をふるったよ。

Dendrocacalia crepidifolia

そして、それを、コモン君の幹に大きな鋲《びょう》でしっかりとめたのさ。

（「表現」昭和二十四年八月号）

手

その夜、吹雪《ふぶき》が、町じゅうを吹き荒れていた。遠くから、地鳴りのよう吹きよせて、電柱や樹《き》や壁に当ると、猫や女や赤子や病人の声をまね、雨でさえ見のがした狭い隙《すき》間《ま》をようしゃなく吹きとおしては、人々に貧しさを思い知らせた。

人通りはなく、街燈《がいとう》は白い粉につつまれて、全世界が漠然とした白い虚空《こくう》に見える中で、おれはいつものように立っていた。おれの立っている四《よ》つ辻《つじ》の広場は、まるで風をさえぎるものがなく、そのうえおれの肌は完全に近い熱の導体なので、外気よりも冷たく冷えきってしまい、全身にはりついた雪はざらざらに凍って石英の粉のようだった。

ふとおれは白い虚空の中に動く微《かす》かなものを見た。それは近づき、人影になった。人影はさらに近づき、おれの立っている台の下に来て、おれを見上げた。それは、裏に犬の毛皮がついた木綿の外套《がいとう》でふくらみ、粗織《あらおり》の布ですっぽり顔をつつんだ、小さな男だった。男の目は怪しく慄《わなな》いていた。

男はおれの立っている石の台にかくれるように、あわただしい視線を四方に走らせ、やがて彼の足跡が雪に埋まってしまうと、そろそろ足場をたしかめながら、台をはい上りはじめた。どっと風が強くなるたびに、ふり落されそうになって、頭を石につっこむように貼《は》りついた。二、三度、手が外れたり、足がすべったり、頭が離れたりしたにもかかわらず、結局体のどこか、とりわけ目に見えない意志でしっかりかじりついて、とうとう台の上までたどりついた。雪坊主《ゆきぼうず》のうめき、雪女のひめいにも消されず、男のもみ手の音が聞え、よほど荒くれた手にちがいなかった。また、歯と骨と筋肉の鳴る音が聞え、よほどの事件が彼を待ちうけているに相違なかった。

　肩からかけた袋から、二尺余りの金鋸《かなのこ》とやすりを取出し、男は別の手でおれの足首をたしかめるようにさぐった。と、そのとき、おれは男が誰であったか、すぐ想出《おもいだ》した。あの男だ。これはあの男の手つきであり、あの男にしかできない手つきだ。いや、それ以上に、おれを変形し、おれに運命を与えた、「手」そのものだ。おれにとって、あの男は、その「手」の附属物にすぎなかった。

「手」はその左手でしっかりおれの足首をおさえ、右手でやすりを足首のつけ根にあてがい、おれの足首をきずつけはじめた。それから、金鋸にもちかえ、おれの足首を切断しはじめている。金属の、音波に近い震動が、おれの全身をはいまわった。おれは鳴った。しかし、一メートル先で、その音は、雪坊主と雪女のはかり知れぬ胃袋にすっかり飲込まれ消えてしまった。

さて、「手」の仕事のことを言えば、おれの足首を一ミリ切るのに鋸《のこぎり》を五回往復させなければならず、三往復に一秒かかるとすれば、おれの足首の太さは四センチ六ミリあるのだから、間でひっかかったりまごついたりする時間をいれて、少なくも二分はかかる。それが二本あるのだから、中休みにこごえた手をもみ合わせたりして、ざっと五分とみればいいだろう。そこで、その間を利用して、おれが何者であり、「手」が何物であったかを、話すとしよう。

かつておれは伝書鳩《でんしょばと》であった。そして「手」は鳩班の兵隊であり、おれの飼主だった。そして今、おれは銅でつくられた「平和の鳩」の像であり、「手」はおれの足首を鋸でひいている。

おれが伝書鳩であったころ、おれは血統の正しいすぐれて美しい鳩で、利口でもあり、多くの手柄をたてて、足には通信管のほかに、アルミ製の赤い「英雄勲章」をつけていた。しかしむろん、おれはそんなことを知らなかった。おれにはただ青い空と、仲間を追って空をかける翼の感覚のたのしさと、食事のときのあわただしさと、とぎれとぎれに拡大された時間の束が存在するにすぎなかった。おれは単純で、唯一《ゆいいつ》のおれだった。形容詞もなく、説明もつかないおれだった。今でこそこんな説明もできるのだが、当時のおれはおれであることさえ意識しなかった。

ある日、突然、戦争が終って、おれとおれの仲間は持主のなくなった鳩舎《きゅうしゃ》におき去りにされた。笛を鳴らしておれたちに食事を知らせる者も、鳩舎のわらを取りかえてくれる者も、毎朝水槽の水をかえてくれる者も、魔法にかかったように姿を消してしまい、わけの分らぬ無規律と混乱がおそいかかった。しかし、ほどなく、水と食物と配偶者をみつけることになれると、その無秩序がそのまま秩序にかわり、再び青い空と、仲間を追って空をかける翼の感覚のたのしさと、食事のときのあわただしさと、とぎれとぎれに拡大された時間の束が存在するだけだった。

その間に、変ったことと言えば、手を入れる者もないままに、鳩舎のかこいのいたんだところから、野良猫《のらねこ》の侵入がほしいままになり、あるいはいたずら小僧の襲撃をうけたりして、仲間の数が減っていったことだ。もっとも、餌《えさ》をあさるに都合のよい新しい巣をみつけて、飛去った仲間もいたのかもしれぬが、何分、おれには漠然とした減少感を感じることができるだけで、はっきりしたことは分らない。

何ヶ月かたったある日のこと、おれの責任者だった鳩班の兵隊がひょっこり現われた。そしてその日から、彼はおれの運命の「手」になったのだった。「手」はやはり軍服を着ていたが、以前のように肩章《けんしょう》もバンドもしておらず、折目はつぶれて皺《しわ》くちゃだった。帽子はかぶっておらず、油っ気のない髪がほこりっぽくのびていた。「手」

はなつかしそうに、同時に幾分やましそうに、おれを見た。突然習慣が、霧のようにおれをひたし、思わず「手」の肩にとまって、おれは不安な郷愁を感じた。「手」はしずかに翼の後ろからおれをつかんだ。おれはされるままになっている習慣を想出していた。「手」はおれを昔のように箱に入れ、そして何処《どこ》かにつれ去った。

それは見世物小屋だった。そこでおれはシルクハットの底に閉じこめられ、ひっぱり出されたとき、勝手に飛出して鳩舎に帰ってくればよかった。帰ってくると、「手」が先に来て待っていて、一合ほどの豆を、食べさせてくれた。これは決して割の悪い仕事ではなかった。その日から、これがおれの日課になった。おれは「手」の生計の道具になり、むろんおれは自覚せず、新しい習慣にとけこんで行った。

この期間は随分とながかったように思う。この見世物小屋の期間が終ったのは、あるのどかな春の午後だった。陽を全身にうけて、うとうとしていたとき、見知らぬ男が近づいて来た。おれは警戒して、飛立つ姿勢で身構えたが、あと一歩近づけばというところで立止り、小脇《こわき》にかかえていた紙入をもちなおして、時折ちらっと流目をくれながら、しきりに鉛筆を動かしはじめた。別に危険はなさそうなので、おれはじっとしていた。そこに「手」がやってきた。「手」と男は二言三言、小声であいさつを交わした。「手」は男の手許《てもと》に見入りながら、言った。「たいそうな出来ばえですなあ。

立派な鳩でしょう。こいつは私の自慢でね、戦時中、英雄勲章をもらったやつですよ。」男はびっくりしたように手を休めた。「じゃ、何か、こいつ、伝書鳩だったんだね。」「ええ、今じゃ、見世物小屋の手品の鳩をやっておりますがね、おちぶれたもんですよ。」「はっは、そいつは皮肉だ。」男は笑って言った。「次に鳩の像のモデルというわけか。」

しばらくの間、二人は黙り、男は手を動かし、「手」は男の手許をのぞきこんだ。「ちえっ、動くなあ。」と男が言った。「そりゃ、生物ですもの、仕方ありませんよ。」と「手」が言った。「君、商売だろ、なんとか、動かないようにできないかね。」「無理ですよ。」「それじゃ、」と男は手を休め、急に真剣な語調で「つかまえることは出来るわけだね。」「手」は素早くまたたきをくりかえし、その間に何やら計算したらしく、「ええ、」とうなずいた。

それから二人は小声で相談しはじめた。眉間《みけん》に皺をよせ、指で輪や線を画き、首を四方に振って、ながいことかかって掛引した。男が両手を打合わせ、「手」は小首をかしげたが、口をつぐみ、それで相談はまとまったらしかった。

「手」がおれをつかんだ。まだ何も仕事がすまないのに、ポケットから豆の袋を取出して、おれの餌箱を一杯にした。「さあ、食えよ。」ひどくやさしい声で、そう言った。「淋《さび》しいかね。」と後ろから男が言った。「あたりまえですよ。」と「手」が腹立たしげに答えた。

おれはいつものように箱に入れられた。しかし、つれて行かれたのは見世物小屋でなかった。大きな、暗い建物の、薬品臭い部屋だった。そこでおれは仰向《あおむ》けに寝かされ、胸の毛をかき分けられ、鋭いメスで、切り開かれた。おれの中身はえぐり出され、まるでシャツをぬぐように、皮だけにされた。おれの中身は、すぐ鍋《なべ》に入れられ、煮て、食べられてしまった。そして、皮のほうは、中に詰物をされ、針金の骨組で支えられて、はくせいになった。

それから、再び箱におさめられ、次にはこばれたのは例の男のアトリエだった。男はおれをモデル台にのせ、翼の具合や首の位置をなおした。もはや、おれはされるままだった。男はおれを見詰めては、粘土をこねたりけずったりした。

外見だけから言えば、今度の事件はおれにとってそう大したことではなかったように見えるかもしれない。だが、どうして、大へんなちがいようだ。命がなくなったというような、当り前のことは別にしても、おれは一箇の完全な物体になり、そればかりでなく、おれは一個の観念そのものになった。いや、観念そのものになりつつあった。男の手の中で、おれは観念に造型されつつあるのだ。これは大へんなちがいようではないか。感覚の積分値であるにすぎなかったおれから、おれは意味の積分値に変形したのだ。

　その変形の完成は、ある夏の日、急いだために不完全だった防腐のために、おれの皮が内側から崩壊し、蛆《うじ》に食い破られはじめたことによる。おれはかまどにほうりこまれ、燃されてしまい、そのかわりに、おれは男の手の下で「鳩の像」になって仕上っていた。そして突然、おれは一切の意味を理解した。

　おれは今、「平和の鳩」の像である。おれは明確な意味をもち、意味それ自体ではあるが、しかし、おれは単純におれ自身でおれであることは出来ないのだ。簡単に言えば、おれを支えてくれる者の行為によってのみ、おれは存在しうるのだ。そんな事情で、おれは街の四つ辻に立たされた。それはまた、政治の力学の四つ辻でもあっただろう。

　ところで、もとに戻ろう。「手」はおれの二本目の足をもう引きおわるようだ。しかし、その後のいきさつを一寸《ちょっと》話しておかないと、「手」の出現はあまり突然で、偶然すぎるように見えるかもしれない。「手」はおれの命を紙幣何枚かで売払ってしまったことに、ひどく後悔を感じたに相違なかった。あの後毎日のように、四つ辻に現われては、タバコを一服吸いおわる間、じっとおれを見つめていたものだ。「手」の弱々しい眼差《まなざし》を見返すと、おれは様々なことを理解することができた。「手」はますます暮しに追われていた。彼は日々の不幸が何かおれに対する罪のせいであるかのような妄想《もうそう》につかれはじめているらしかった。むろんそれは単なる妄想にすぎなかった。しかし、彼にしてみれば、それは現実の意味に等しかった。彼はこの秘密を自分独りで保っていることに耐えられなくなった。そして、会う人毎《ごと》に、おれの運命について物語るのだった。おれを、「平和の象徴」から、「手」の運命に引下ろすために。

ある日、その「手」の声が、反平和主義者の耳にとまったのだった。……だが、その話は後まわしにしよう。「手」はもうおれの足を二本とも引切ってしまった。

さて、話は初めからのつづきである。「手」は倒れかかったおれを腕にうけ、腰にまいてあったロープでくると、静かにおれを地面に下ろした。おれはすっぽり雪に埋まり、みるみる見えなくなってしまった。「手」はそのロープを台にくりつけ、すべり下りた。それから、おれを雪の中から掘出して、肩に背負い、息づまる吹雪の中を、風と反対の方角にころがるように駈出《かけだ》した。雪坊主が吠《ほ》え、雪女が泣き、彼は十歩ごとにつまずいた。

町を二つほど越したある街角の、焼ビルの地下室の入口で、「手」は足を止め、中から四、五人の男が現われた。男の一人がおれを受取り、別な一人が「手」に何か封筒を手渡し、ぽんと肩を打って笑った。それから、ぼんやり立ちつくす「手」を後に残して、男たちは足早に立去った。

立去りながら、男の一人が言った。「うまく行ったね。気狂《きちがい》も使いようだ。奴《やつ》は奴で金をもうけた上にやく払いしたつもりだし、こちらはこちらでやく払いしたわけだからな。」別な男が言った。「現実が空想を利用したんだ。奴がこの像を盗みたがっていたことを知っている者は多いし、奴が犯人だということは誰も疑わないよ。それに気狂と来てやがる。アリバイがおれたちをかくまいに向うからやって来たようなものさ。」

この男たちは、政府のまわし者だったのだ。彼らはおれが目ざわりだった。おれを存在させているものたちが目ざわりだった。そこで、狭い現実に盲目となり、狂気した「手」をそそのかしたというわけだった。だが、おれと「手」の関係は、これで終ったわけではない。話はまだつづくのだ。

おれはすぐに秘密工場にはこばれ、熔解《ようかい》され、更に別な工場にはこばれて、他のおれと同成分の金属に混合され、おれは稀薄《きはく》な、膨大な塊《かたまり》になった。それから、おれは様々なものに加工され、おれの一部はピストルの弾《たま》になった。いや、一部ではあるが、すでに個体の条件を失ったおれにとっては、そのピストルの弾一つが、おれそのものでもあった。おれはあれでもあり、これでもあり、また一部でもあり全部でもあった。だから以後、おれというのはその一箇のピストルの弾のことである。

ピストルの弾といってもいろいろな運命がある。その中でおれは秘密の用途に割当てられた。おれが使用される目的は、すでに定っていた。おれは一つのピストルの中につめこまれ、背後には膨大な位置のエネルギーがおれを押出そうと身構えていた。おれの頭は暗い小さなトンネルをのぞいていた。その先にはポケットのたもと屑《くず》がみえていた。

おれはポケットの中のピストルと一緒に、そんな状態で、二、三日も街々をさまよったであろうか。ある夜、突然、おれは空中に引出された。トンネルの先には、たもと屑ではなく、街の風景があった。ついで、街燈に照らし出された一人の男の姿を見た。「手」であった。「平和の鳩」の盗人として、政府から、指名され、一月余り逃げまわって、ついに屈辱と疲労の腫物《はれもの》になったあわれな「手」の姿だった。役人たちは、彼をつかっておれを盗ませ、つぎに彼を亡《な》きものにしようとくわだてたのだ。しかも、おれをつかって！

引金がひかれ、喜劇のエネルギーが爆発して、おれは一直線にトンネルをすべり出た。それは唯一の必然の道だった。他の道はなかった。おれは「手」に向って真っすぐ走り、いくらかの肉と血をけずり取って、そのまま通りぬけ、街路樹の幹につきさささってつぶれた。おれの背後で、「手」がうめき、倒れる音がした。そしておれは最後の変形を完了した。

（「群像」昭和二十六年七月号）

飢えた皮膚

おれは餓《う》えていた。

街は乾燥し、真白に燃えたほこりが、地面にうずまいていた。そのほこりは、毛穴から浸《し》みこんで、おれの血の中でもうずまいた。おれは中国人が買って飲む、どんぶり一杯一銭の白湯《さゆ》を買って飲んだ。湯はすぐ汗になって、ほこりまみれの塩を吹出し、皮膚の上に地図を描いて乾いた。

おれは道端にしゃがんで胃をおさえた。白くほこりにふやけた土の上に、黄色い小さな染《し》みができた。這《は》うようにして、一軒の大きなコバルト色の門の蔭《かげ》に入り、石段に腰を下ろした。食物が、しかも一番貧しい食物が、犬や猫の形になって目の前を走って行った。

不意に一台の高級車が電柱ほども高く砂ほこりを舞い上げながら走りこみ、おれの前でぴたっと停った。顎《あご》のはった、白い制服を着た朝鮮人の運転手が、素早く廻《まわ》って外からドアを開けた。原色の、臭《にお》うような日傘がつき出され、つづいて三十四、五の小柄な日本人の女が現われた。ととのってはいるが、焦点の合わない、痴呆《ちほう》的な顔と、あでやかな肢態をもった、洋装のよく似合う女だった。

女はおれを見た。しかし何んにも見ていなかった。おれは女の目が、要するに顔の皮膚の割目にはめこんだ飾りにすぎないことをすぐ見抜いた。それから運転手を見た。運転手はうなずき、近づいて、おれの肩を蹴《け》った。おれは石段の下に膝《ひざ》をつき、そのまま二、三歩這ってから、塀にすがって立上った。そしてまた、黄色い液体を吐いた。女は門の内側のアカシヤのしげみの中に消え、自動車は走り去った。小馬ほどもある犬をつれた中国人の女中が現われ、門を閉じ、犬を放った。重いうなり声が塀の内側でおれを探して走りまわった。

おれは門標の、名前と番地をよく頭に入れてから、また歩き出した。やがて、道端に楡《にれ》の木があり、その蔭に饅頭《マントー》売りの老人がしゃがんでいた。あたりを見まわし、誰も居ないのをたしかめてから、おれはナイフを手に構えて、老人の前に立った。老人は、細い皺《しわ》だらけの瞼《まぶた》の間から、中国人らしい沈んだ視線をじっとおれの顔にそそぎ、動かなかった。おれは黙って老人の籠《かご》を開け、つややかな黄色い皮につつまれた饅頭を大急ぎで二つ摑《つか》んだ。立去ろうとするおれを呼び止めて、老人は別の小さな肉入饅頭を二つ握って差出した。おれは急いで前の二つをポケットに突込み、それを受取った。老人は顔をそむけてしゃがみ、おれは振向かずに歩きだした。

歩きながら、饅頭を口の中に押しこみ、何度も喉《のど》につかえて、足をとめた。そのたびに、おれは、左右のこめかみに当てた電極から、脳の中に放電するような怒りを感じて、目を閉じた。おれの借りているアパートの部屋の前で、おれは切角《せつかく》食べたものを全部はきだしてしまった。

白く燃えるほこりに疲れた目には、部屋の中はしばらく夜のように暗かった。わら布団《ぶとん》だけの、裸のベッドに掛けて、床を見詰めていると、やがて、ドアの隙間《すきま》から差入れられたらしい白い封筒が、落ちているのに気づく。請求書と、三日以内に支払えない場合は立退《たちの》いてくれという、書きつけが入っている。おれは笑った。そしてわら布団にかみついた。

おれはもう、いつものように就職のことを考えようとはしなかった。おれの頭の中は、突然やってきた狂暴な考えで、いっぱいになっているのだった。さっきの女に復讐《ふくしゅう》することだけがおれの存在している理由のように思われた。

おれはじっと女の姿を想《おも》い浮べた。何故《なぜ》か、女の肉体と、衣裳《いしよう》とが、別々に見えてくる。おれは笑って、その衣裳を引きちぎり、幻の肉体に爪《つめ》をたてた。女のうめき声が聞えるような気がして、おれもうめいた。突然気が遠くなって、床の上に顔を下にして倒れた。

気がついたのは、ながい夕暮が終って、冷たい闇《やみ》につつまれる十一時頃だった。鼻血が、ほほのあたりに乾いていた。アパートの下の商店街からは、泡立つような光が道にあふれ出し、道いっぱいにおしひろげられた中国人の露店商と、昼の間の仮死状態からやっと覚めて、ささやかな消費と冒険を求めて群がり出た人波とを、きらきら と照らしだしていた。窓を開けると、酸味のあるねっとりとした油の焼ける匂《にお》いが流れこんできて、むっとおれの鼻にむせた。おれはナイフを持って、外に出た。

＊　＊　＊

あの素晴らしい考えが、どこからどんな具合にしてやってきたのか、おれにはどうもよく飲込めない。突然、天啓のように、その端緒をつかんでいた。すると、後は、毛糸の玉をほどくように、するすると解けていった。すべてが以前から用意されてあったように、必然的で、また自然だった。そうだ、智恵《ちえ》というものは、完全でありさえすればいつも必然的なものに違いない。おれの復讐は完璧《かんぺき》で、しかも芸術的でなければならぬ。どんなナイフでもとどかぬほど、深々とその内臓の底までえぐってやろう。どんな毒薬でも浸み込まないほど、肉の隅々まで腐らせてやろう。どんな死も及ばないほど完全に殺してやろう。楽士よ、この芝居の伴奏は、道化の衣裳を着て笑いの仮面をかぶった死の舞踏だ。奥さん、あなたに対する憎悪《ぞうお》は、おれを詩人よりも俗物にしてくれました。

たしかに、おれの頭の中で、何事かが起ったのだ。ほこりがぬぐわれ、油がさされた。おれの頭蓋《ずがい》の裏は、レンズのようにすべすべと鍍金《めっき》され、凹面鏡になって脳の中に焦点を結んだ。その時、おれはあの女の、肉と衣裳が別々になったイメージの意味を追いながら、道ゆく人のにぎやかな服装に目を止めていた。と、その焦点に、《保護色》という奇妙な文字が写し出されたのだ。

＊　＊　＊

同時に、復讐の全計画が、精密な青写真をひろげたように、出来上っていた。

おれは部屋に帰って、長い一通の手紙を書きはじめた。

＊　＊　＊

木矛夫人。

（書出しに、そのおかしな名前を書いた時、おれは或《ある》種の生理的な感覚をもって、女の姿を想出していた。なんと読んでいいのか分らないが、勝手にキムと発音して、口の中に、あの白痴的にととのった顔と、あでやかに成長したブルジョア女の肉体をかみしめたような気持になった。キム、キム、キム、と繰返しながら、おれはこの手紙を書いてゆく。）

——未知なる友よりの手紙をお受け下さい。せまりくる不幸の影を宿した、美しい貴女《あなた》の姿に接した時、私は激しく胸を打たれ、黙っているわけにはいかなくなりました。今、貴女には恐ろしい不幸が迫りつつあります。これまでに見てきた、多くの経験から、私には判然《はっき》り分るのです。お聞き下さい。私だけが貴女をお救いできるでしょう。どうか私に、美しい貴女をお救いする倖《しあわ》せをお与え下さい。（倖せだぞ！）

その不幸とは、一種の不思議な病気なのです。カメレオンやアマガエルやヒラメのように、外界の色に応じて皮膚の色が様々に変るという、恐ろしい病気なのです。動物学で《保護色》と呼ばれているあの現象が、貴女の皮膚にも起ろうとしているのです。インキのように青くなったり、コーヒーのように黒くなったり、草のように緑色になったり、新聞を読んでいたら活字の縞《しま》が顔の上に現われたりする御自分を想像してごらんなさい。恐ろしいことではありませんか！　貴女にその症候が現われているのを、一目見たとき、私は見抜いてしまったのです。私は貴女を、その不幸から守らなければなりません。

お信じになりませんか？　そうでしょう。信じられないことでしょう。しかし事実なのです。すでに幾人もの人が、私の忠告を無視して、その病気にかかりました。また、私の知らない人でも、随分多くの人がかかっているはずなのです。一種の流行病のように、この病気は世界にひろがりはじめています。私はその科学的な証拠をはっきり握っています。私はこの病気の専門家なのです。そんなら、何故もっと一般的に問題にされないのか、何故新聞やラジオが騒がないのか、何故私が公式に活動しないのか、貴女はきっと疑問に思われるでしょうね。（お前の悪い頭でもさ！）それには、こういう訳があるのです。この病気にかかった人は、恥ずかしさのために自分独りで秘密を守り、あるいは自殺し、決して口外しようとしないため、一般に知られないのと、もう一つ、一度かかったものは絶対に治らないので、その連中で秘密結社をつくり、私の活動を妨害して、知らぬうちに世界中の人間をこの病気にかからしてしまおうと運動しているためなのです。お分りになるでしょうね。全部の人間が、一つ目だったら、一つ目が普通になるように、全部の人間がこの病気にかかってしまえば、自分たちも病気ではなくなるわけではありませんか。彼らは莫大《ばくだい》な金をつかい、私を暗殺しようと追いまわしています。私が秘密をもらし、病気の予防運動をはじめるのを妨害しようとしているのです。私に、この病気を予防する方法が分っているために。どうしてもそのことを貴女に納得していただかなければなりません。次にその科学的な根拠を簡単に書いてみようと思います。少しむつかしくても、どうか我慢して読んで下さい。(どうせ分りっこないんだから、気をのまれてくれりゃいいんだよ。)

カメレオンは皮下に多くの色素粒をもった色素細胞があり、視神経を通じて外界の色がこの細胞に伝えられると、一定の色素粒だけが選択的に拡散または集合し、体色変化をおこす。目をつぶすとこの変化は起きなくなる。同じようなことが、モエビ、アマガエル、カレイ、ヒラメ等でも証明されている。しかし、こうした現象が、人間にもおこるというのは一体どういうわけなのでしょうか?

それにはまず、服装のことについて考えていただきたいと思います。衣裳とは何か? いうまでもなく人間の皮膚の働きの不備を補うために出来たものです。それには、寒さをしのぐというような生理的な目的の他に、社会的な役目があるのです。例えば顔の表情は、人間関係の処理に必要であり、未開人の文身や身体変工は氏族的なもの、あるいは階級的なものの標示のために必要です。こうした面の不備をも、衣服は補っているのです。社会が複雑になればなるだけ、衣服の数や種類も多くなり、重要になってくる。社会制度と衣裳の種類の関係は、写真の陽画と陰画のようにぴったり照合しています。制服の形が一番よくそれを現わしていますね。

衣裳は本当に魔術です。人間が生きているのではなく、衣裳が生活しているのではないかとさえ思われます。女の人が、そんなにまでも美しい衣裳をと願うのも、そのためなのではないでしょうか。出来ることなら、衣裳を皮膚の中にまで浸透させようと、お化粧に浮身をやつすのです。貴女は、美しい衣裳や身を飾る宝石を、命よりも大事だと感じたことはありませんか？（キム、キム、キム、おれは知っている。お前はそういう女なのだ。）

つまり、人間は、自分の皮膚が社会の発展にとても追いつけなくなったので、代用の衣裳でもってその補いをつけようとしているわけなのです。しかしそれでもなかなか追いつけない。その慾望《よくぼう》に満足という字はないのです。そう考えていけば、この慾望が、やがて、——もしそれが可能なことであるならば、——皮膚の上にも直接変化として現われるということも、充分考えられるのではないでしょうか？　しかも、皮膚に、それが出来る条件が備わっているとすれば、これはもう当然なことです。

現在でも、メラニン色素が精神現象と直接関係あることが知られています。その他、ドーパーと新酵素の関係とか、ヘモグロビンとクロロフィルの関係とか、この皮膚の変化を起しうる生理的な条件を説明する色々な研究があるのですけれど、これはあまりに専門的になるので省略することにしましょう。要するに、社会的条件に対して人間の皮膚は極めて不完全なものになっているし、その皮膚はまた生理的に極めて変化し易《やす》い状態におかれているわけですから、現代、この《保護色》病が世界の流行になりつつあるということは、極く自然なことであるということを、了解していただけたでしょうね。では、これ以上の説明は、もし貴女が希望されるなら、あらためてすることにして、先に進むことにしましょう。

問題の予防法です。

私は永年の研究の結果、この病気を防ぐことのできる一つの薬品があることを発見しました。それは皮膚色素の安定度を強める作用と、同時に精神の側から社会に対して自己を守る力を与えるという作用をもっているのです。レパーゴ（復讐）・Aというのがその名前です。現在、僅《わず》かですが、まだ手持が残っております。

私は貴女の、その美しい皮膚がよごされることを想像すると、胸がつぶれるような苦しみにおそわれ、（うれしくて、うれしくて、）とても黙ってはいられません。どうぞ、いらっしゃって下さい。貴女をお救いするため、御相談をお受けするため、心からお待ちしております。

遠くより敬愛する、未知の友より。

（その後にも、キム、キム、キム、というおれの呟《つぶや》き……）

われながら、こっけいな手紙ではあったが、あの愚かしい女には、充分な効果を示した。ある朝、アパートがざわついて、女はやってきた。おれはたくみにドアの蔭に身を構え、女に顔を見られぬうちに、素早くドアを閉めた。女はおれを見て、息をのんだ。例えおれの顔を忘れたとて、おれの服装に見憶《みおぼ》えがないはずはあるまい。

＊　　＊　　＊

おれはうやうやしく頭を下げて、低くこもった、沈うつな声で言った。

「流謫《るたく》の身でございます。見苦しい身なりをお許し下さい。手紙にも書きましたとおり、《保護色人種》の刺客につけねらわれ、身を置く場所もないのです。それにしても、よくいらっしゃって下さいました。感謝いたします。」

女の不安はやや薄らいだに相違なかった。餓えはてたおれの顔は、こうした下素《げす》の言葉を口にして、ぴったりと似合って見えたに相違ない。おれは更に、幾らか正気な調子で、言葉をついだ。

「先日、おぼえていらっしゃるでしょうね、申訳ないことをしてしまいました。なんとか、貴女を待ち受けて、お話しようと一途《いちず》に思い込み、あんなことになってしまったのです。あんな無作法をして、後でわれながら恥じいりましたよ。しかし、これで万事うまくいったわけですね。」

おれが微笑《ほほえ》むと、女はひどく苛立《いらだ》った風だった。おれは早く女の皮膚にさわってみたいものだと、目の指で全身をなぜまわした。おれは女をベッドに坐《すわ》らした。カーテンを下ろし、おれは少し離れたところに立って、女の呼吸を数えた。次の言葉は女に言わせる必要があった。その日女はシュスの短い袖《そで》なしの支那服《しなふく》を着て、肩と脛《すね》の全部が露《あら》わだった。ベッドが高いので、足が床につかず、腰をのばすと、膝までまる出しになった。近くで見ると、手足は少年のように細く、しかも熟れきった洋李《ようすもも》のようにやわらかそうだった。

急におれの下腹が鳴った。おれは餓えていた。憎悪がおれを高飛車にした。

「費用は、お持ちになったでしょうね。」

女は恐ろしくうろたえて、腕にかかえていた銀色の蛇の皮のハンドバックを膝の上に開いた。足をもち上げたので、太ももの下の深いくぼみがあざやかだった。

「おいくらぐらいでしょう？」

おれは笑った。心の中で勝ったと思った。あとはじりじりと暗示にかけて行けばいい。本当に皮膚の色が変りそうだと、思い込ませるように仕込んでいけばいいのだ。

「とりあえず十円だけいただいておきましょう。」

おれの二月分の食費だ。おれは自分用の阿片剤《あへんざい》を二十錠、赤い薬包紙につつんで渡した。オピアムこそ、レパーゴ（復讐）・Aの正体だ。

「すぐに三錠お飲みなさい。一時間の手後れは、十倍の薬を必要とします。一分でも、一秒でも早いほうがいいのです。相談しなければならないことも沢山ありますが、それは後まわしにして……。」

女はためらった。おれは自分でも飲んでみせた。女も飲んだ。おれは顔の裏でひそかに笑った。阿片常用者のおれに三錠の阿片剤は問題ではなかったが、女には決定的な効果を示すに相違ない。

「最初は少し副作用があるかもしれません。気分が悪くなったら、一寸《ちよつと》の間ですから、ベッドに横におなりなさい。」

おれはひかえ目に、壁ぎわまで退って、窓枠に腰を下ろした。女が何か言おうとした。自分を取戻そうと努力しているようだった。おれは窓にたれこめる朝日を背にして、すっと立上った。半ば開いた手を心臓の前におき、唯《ただ》ならぬ視線を女の頭ごしに、天井の隅に向って投げつけた。それは、女の中で、心臓を踏みつぶしたような音をたてたにちがいない。

女を過去から、昨日から、切断してしまうのだ。謎《なぞ》に満ちた雰囲気におぼれさせてしまうのだ。おそらくまだ半信半疑で、事件の進行に対して女の心理は事務的な順序をふんでいるにちがいない。そいつを先《ま》ず叩《たた》きつぶしてやろう。女の心理からレールを外してやろう。人間同志の関係として出発しては駄目なのだ。女の中を流れている時間を急激に切断して、人間から物体に変えてしまってやろう。それには、目の前の現象以外には、女のことについて、あるいはおれのことについて、一切触れないようにすることだ。女が、今より前に、どこかに存在しただろうなどとは、思ってもいないような顔をしてやろう。

そこでおれは、いいかげんに、前後の事情を無視して何んの前置もなしに、いきなり皮膚の色が変った人間の話なるものを喋《しゃべ》りはじめた。

海におぼれかけた少女が、急に海と同じ色になったため、切角そばまで来た船に見分けられないでしまったこと。猟師が、森の中で、突然周囲の緑に同化し、仲間に撃たれてしまったこと。ある洋服ほしさに、ショーウインドウをのぞきこんでいた少女が、不意にその服と同じ縞模様を皮膚に現わしたこと。発禁の春画を、あまりつくづくと眺めたため、額にそれとそっくりの図柄を発斑《はっはん》していたのも知らずに、のこのこ街を歩いていた重役のこと。……また、皮膚の色が変ろうとするとき、必ずその色に対応した独特の感覚を伴うものであるらしいことも。赤は情欲のほてり、黄は勝誇った自負の感覚、緑は死の不安に似た冷たさ、青は倦怠《けんたい》、紫はロマンティックなむず痒《がゆ》さ、黒は腹立たしい痛み、白は甘えるようななめらかさ。……そうです、誰だって、皮膚に訳の分らぬ異常な感覚を感じないものはありません。皮膚は自分が何かの色になりそうだということをちゃんと知っているのです。……内心うんざりしながら、それでも芝居に出てくる予言者の口調で、重々しい形容詞に飾られた言葉で。(くそ、芝居は無料じゃないんだぜ!) 女は皮膚でものを感じる。皮膚に関する超現実的な会話が、女に強烈な作用を与えないわけはない。

フライパンの中の油のように、急激に気温が上昇しはじめていた。白熱したほこりがゆらゆらと窓ぎわにただよいはじめた。突然下着が汗でぴったりと皮膚にはりつき、空気の粒子が熱で膨脹《ぼうちょう》して粗くなったかのように、呼吸が苦しくなる。アスファルトが融《と》け、走っている車の音が重くなる。裏の自動車工場のリズムが緩慢になり、醸造工場の臭《にお》いがむっと鼻をつく。重いドラが鳴る。極端に音域の異った三つの笛が、いっせいに歌いだす。下の支那料理屋から出たコレラ患者の葬式だ。

突然女の体がくらくらとゆれた。おれはわざと大きな靴音をたて、はっきりした足取で近づいた。女の目はおれの下腹の上で微《かす》かにためらい、それから壁の上をすべって消えた。おれは女の体を支えてやるような風をよそおい、わきの下に手を入れて、引きよせた。

「病気の危険が、どの程度近づいているか一つ皮膚の具合を、詳しく診てあげましょうね。……美しい、危険な肌だ。」

女はさっと蒼《あお》ざめる。

「いけません、目を閉じなさい。」とおれは言う。「あんまり壁のほうばっかり見ているものだから、ほら、その手の色まっ白だ。でも、早く薬を飲んでおいてよかった。貴女はもうギリギリのところまで来ていたんだ。」

女はじっと自分の白い手の甲を見た。おれは女の耳に囁《ささや》いた。「白、甘えるようななめらかさ。」女は目を閉じ、ぐったり胸によりかかってきた。おれは女を倒し、桃の皮をむくように服をはがした。

裸になった女をじっと見下しながら、おれは車から降りてきた時の女の姿を想《おも》い浮べた。下腹が鳴った。おれは餓えていた。

＊　　＊　　＊

女はしばらくやって来なかった。しかし、十日目についにやってきた。女は幾分やせて、顔色が悪かった。

次は六日目に、次は四日目に、次は三日目に、そして今では隔日に必ずやってくる。女からしぼり上げた金で、いくらか見やすくなったベッドの上で、いくらか小ざっぱりして肉もついたおれに抱かれにやってくる。そして、さらに金を払い、新しいレパーゴ・Aを受取るためにやってくる。「見つかったらどうしましょう、見つかったらどうしましょう。」と泣くためにやってくる。皮膚の変化に対する次第に高まってくる不安を訴えるためにやってくる。

おれの処方が当をえていたので、オピアムのレパーゴは急速に女の体内に飽和していった。熱病患者の脇《わき》にはさんだ体温計のように、オピアムの量はぐんぐん上った。女がすでに廃人になったとき、おれにとっては一個の愛すべき「物」であり、もはや憎むべきものではなかった。しかし、女が指輪の宝石であったとすれば、それを支えている台があった。宝石が外れておれの手にころげこんできても、後にまだ指輪の台が残っている。その暗い窪《くぼ》みに、最後の打撃を与える必要があった。

おれは女に暗示を与えた。《保護色人種》がおれたちを探知し、危険が迫っていることを。社会の変化はますます激しく、レパーゴ・Aだけでは不充分になりつつあることを。

おれは女に暗示を与えた。おれたちは、反《保護色人種》連盟を組織し、おれと女で指導しながら、《保護色人種》に対抗し、同時に社会の発展に強力な妨害を与えなければならないのだと。

女は堕《お》ちた少女のように黒ずんで、恐怖にふるえ、泣きながら、わけもなくおれの暗示にしがみつくのだった。キム、キム、キムと口の中で呟きながら、おれは笑った。

＊　＊　＊

秋がきた。焼けた大地の上に冷たい風が吹いた。三日おきに霜が下りた。

おれはもう餓《う》えていないのだろうか？

木の葉は黒ずみ、あるいは色あせて、塀ぞいにころがってゆく上を、おれはたのしい気持で歩いてゆく。おれの服は、見事な保護色で、植民地の支配階級であることを誇示している。おれは笑う。笑うとポケットの中のナイフに錆《さび》がひろがる。いや、やはりおれは餓えている。

葉の落ちた楡《にれ》の木の下に、饅頭《マントーう》売りの老人が坐っていた。おれがナイフを構えると、老人は肉饅頭を二つ差出した。それを受取って一円玉を投げてやる。老人は釣銭をさがすのに俯向《うつむ》き、おれは振向こうともせずに立去ってしまう。

女の家のベルを鳴らす。女中が出て来て犬をつなぎ、門を開ける。

「旦那《だんな》様はお留守です。」

小声で言って笑う女中に一円玉を握らす。おれはもう餓えていないのだろうか？　おれの肉体は強く、復讐《ふくしゅう》の最後の一撃は、資本家キムの全体をこっぱみじんに打ち砕いてしまうだろう。しかし、おれはやはり餓えている。

おれはもう、たいした注意もせずに話せばよかった。色に対する恐怖のため、全体を灰にくすませた、暗い女の部屋を、おれは自分の家のように歩きまわり、

「アパートは危険になった。私はもう帰らないいつもりだから、貴女《あなた》も来ないようにしなさい。別な部屋が決ったら連絡するが、それまではここで会うことにしよう。たしか、御主人は、一月間旅行の予定だったね。よかろう、その間に、情勢は決定的なものになるはずだ。私たちの同志はすでに一万八千名になった。その中で九千名がレパーゴ・Aの愛用者だ。私は今日中央委員のメンバーと相談して、例の《保護色》に関する科学的なパンフレットを十万部印刷し、その配布で運動を飛躍的に強化することを決めてきた。もしあなたの気分がよくなったら、今度の中央委員会には是非出てみなさい。」

そして、ああ幸いなるかな、とおれは考える。女はもう決して気分がよくなることなんかありえないのだ。不幸な女よ、親切なおれは、おまえのために、中央委員会だ

ろうと、代表者会議だろうと、臨時総会だろうと、思いつく限りの会合を思いついてやるつもりさ。

それからおれは女と秘密会議を開く。無数の会議のうちで、唯一《ゆいいつ》の重要な、そして唯一の現実である会合を。いよいよ切迫したこの情勢にあって、決定的な勝利をうるためには、資金問題がいかに重要であるかを説得し、三千円の小切手を切らせてやる。次に、一週間後の恐るべき暴力革命の計画で、女をぐったりさせるのだ。手榴弾《てりゅうだん》とダイナマイトで、鉄道が、工場が、ガスタンクが、ビルディングが、次々と破壊されてゆく光景を、すりガラスのようにくもった女の頭に写し出してやる。女の頭の中では、女の小さな本箱を飾っている日本陸軍出版の殺戮図譜《さつりくずふ》の各頁《ページ》が、重なり合ってのびたり縮んだりしていることだろう。

可哀《かわい》そうな女。もうお前にとってそんなことはどうでもいいことなのだ。おれが時たま計画的にレパーゴ・Aの量を加減して、お前をおとしいれてやる禁断症状だけが、お前の唯一の積極的な関心ではないか。わけの分らぬ不安におそわれ、お前は真暗な声でおれを呼び求める。おれは憎々しい目でお前を眺める。歴史から突き出され、皮膚病にかかった獣のようなお前を。

レパーゴ・Aに酔い痴《し》れているお前は、美しい。しかしそれは物質のように無意味な美しさ、皮膚の接触でしか感じられない美しさだ。その証拠に、遠くでお前の木蠟《もくろう》のようにぼんやりとした笑いを想い浮べるとき、それは獣のお前よりも、もっといっそう忌《いま》わしくうとましい。

レパーゴ・Aに酔い痴れたお前は、幼いころの追憶を語ろうとしたりする。お前の過去におれを結びつけようとしたりする。しかしおれはきっぱりとそれらの言葉をさえぎってやるのだ。この上お前の何を知る必要があるだろう。おれはお前に焼跡のがらくたを積重ねるような調子で、反《保護色人種》闘争の経過報告を聞かせてやる。そして、お前がじっと目をつぶり、純粋に皮膚だけの存在に還元してゆく過程をたのしんでやる。それからは、いつものように、お前の衣裳《いしょう》をむきとってやるだけだ。

疲れて、女が眠っている間に、金庫の中の書類を、たんねんに調べる。女に対するせめてもの心遣いではないか。いや、それよりも、いっそう憎しみの掻《か》き立てられるこの時刻、おれの頭は正確に緻密《ちみつ》になって、こうした仕事に向いてくるのだ。おれの計画は、いよいよカタストローフの仕上をする段階に来た。おれの餓えを渦に例えれば、円錐《えんすい》の頂点がついに底に達して、船の破片で海底の岩をガリガリとひっかく時が来たというわけだ。

＊　＊　＊

その日おれは女にレパーゴ・Aを持っていかなかった。

女は腐った毛皮のようにソファの上に融けていた。小さな瞳孔《どうこう》にうつる幻影を、ふるえる指でなでながら、上顎《うわあご》と鼻の間でわけの分らぬ歌を歌っていた。

肩をつかむと、おびえたように叫んで、振向いた。「苦しい」と叫んで、おれの服をつかんだ。

「私、色が変るわ、変ってしまうわ。昨日の夜、少し変りはじめたのよ。はじめ赤くて、それから緑色になりはじめたの。あなたの仰言《おつしや》るとおりだった。でも、それだけじゃない、黒にも黄色にもなりそうだった。赤になるまいとすると青に、青になるまいとすると黒に、黒になるまいとすると緑に、緑になるまいとすると黄色っていう具合に、夢中になって部屋を逃げまわっていると、しまいに全部の色が縞《しま》になって出てきそうなの。クリームも、口紅も、白粉《おしろい》も、色のついたものは全部窓から投出して、着物も全部目のつかないところに押込んでしまった。それでも駄目なの。間もなく主人が帰ってくるわ。私が《保護色》になったのを見たら、なりそうなのを見たら、なんて言うでしょう。恐《こわ》いわ、私、きっと色が変ってしまうのよ。ちょうだい、レパーゴを、早く。昨日の夜、まだある筈《はず》だったのに、どういうわけかもう無かったの。あなた、だましたんじゃない？」

「そう、だましたんだ。」

「なぜそんなことをなさるの？　苦しかったわ。早くちょうだい、早く……。」

女は立上り、ふるえ、おろかにも、着物の裾《すそ》を乱してみせる。おれは笑い、素早く女から離れ、参謀将校のような口調でいう。

「そのためにもだ、計画を遂行しなければならないのだ。襲撃はいよいよ明日の晩に決った。世界の大多数の重要都市が、数時間のうちに壊滅するだろう。われわれは全部を現金に変えなければならない。そして、二人で、どこか遠くの安全な場所に行ってしまおう。」

「間に合わないわ。私、もう今にも《保護色》になりそうなのよ。レパーゴ、持っていらっしゃらないの？　どうなさったの？」

「大丈夫、あと二、三時間待ちなさい。敵の妨害で、連絡がさまたげられているんだ。それより、」とおれは用意しておいた書類を並べ、「全部現金に変えて財産を守るためにこれに印をつかなければならない。これがすんだら、すぐ出掛けて、レパーゴを取ってこよう。さあ、御主人の印鑑はどこにあるんでしたっけ？」

女は、胸の上半分だけで、絶望的な息を三度、それから不規則にわななく両手を乳房の下に組んで、水死人のように傾いた。物質になりきったお前にも、過去をつなぐ鎖がまだあって、その鎖の先が夫の印鑑につながっていることを、知っているのだろうか？　そう、知っているとも、それを絶対に忘れることができないのがお前の階級だもの。知らないわけはない。肉体よりも、印鑑を守ることのほうが、夫に対する貞操であることを、お前は肉と血で教えられてきた。しかし、その最後の鎖をも、絶ちきってしまうことが、おれの目的であり努力ではなかったか。ありったけの智恵《ちえ》でつくったその隠し場所を、おれは指紋の跡も残さずに、うばってしまうのだ。

おれは、女が負けてしまうことを知っている。女も自分が負けてしまったことを知っている。女がいくら小さな魚に化けようとしても、おれの投げた網の目はもっと小さい。女はドアの方へよろめき出た。おれは後ろから支えてやった。夫の部屋の、ドアのわきの、嵌木《はめき》細工の床の一部をはぐと、中に小さな革の袋が入っていた。

女の荒い呼吸の下で、おれの粘土のような指の下で、金箔《きんぱく》でかざった紫水晶の印が、あざやかな朱をついていく。終った、復讐は終ったのだ。何日か後、この家の新しい主人になった見知らぬ男がやってきて、犬ころのようにお前を叩き出してしまうだろう。おれは始めて本当の情慾《じょうよく》でもって女を抱いた。それから、「レパーゴ。」とうめく女を後に、振向きもせず外に出てそれっきり帰らなかった。

＊　＊　＊

一週間後に、おれは北の国境に近い田舎町にいた。ここではもう厚い氷がはっていた。三日後れの新聞で、おれは女が発狂し、キムが謎の破産をとげたという記事を見た。

おれは凍った河を橇《そり》で走り、ロシヤ少女の歌を聞いた。

だが、おれはもう餓えていないのだろうか？

おれは女のことを書いてあるその記事を、毎日舐《な》めるように繰返して読んだ。するとある日、不思議なことに気づいた。いつの間にか女の名前のところが、おれの名前に変っているのだ。

そしてある日、おれの皮膚は死の不安に似た冷たさを感じ、暗い緑色に変っていた。

（「文学界」昭和二十六年十月号）

詩人の生涯

ユーキッタン、ユーキッタンと、三十九歳の老婆《ろうば》は油ですきとおるように黒くなった糸車を、朝早くから夜ふけまで、ただでさえ短い睡眠をいっそう切りつめて、人間の皮をかぶった機械のように踏みつづける。胃袋のかっこうした油壺《あぶらつぼ》に、一日に二回うどんのような油を入れて、その機械を休ませないという目的のためだけに。

やがて彼女は気づくだろう。そのしわくちゃの皮袋の中の、ひからびた筋と黄色い骨とで出来た機械は、疲労というほこりでもう一杯になってしまったと。そしてふと、疑惑におそわれる。

いったい私の中味は、私とどういう関係があるのだろう？　見知らぬ医者に、先に骨のラッパがついたゴム管で聞いてもらわなければ、自分にも様子が分らないそんな中味のために、なぜこんなにまでして糸車を踏んでやらなければならないっていうの？　もし、私の中の疲労を育ててやるためだったのなら、もう沢山、お前は私の中に入りきれないほど大きくなったよ。ユーキッタン、ユーキッタン、やれやれ、私は〈綿〉のように疲れてしまった。

黄色い三十燭光《しょっこう》の電燈《でんとう》の下で、彼女がそう思うとき、ちょうど手持の毛がきれている。彼女は皮袋の中の機械に命ずる。さあ、お止り。ところが、不思議なことに、車はひとりでに廻転《かいてん》をつづけ、とまろうとしない。

　車はようしゃなく、キリキリと糸の端によりをかけて引込もうとする。もう引込むものが何もないと分ると、糸の端は吸いつくように老婆の指先にからみついた。そして〈綿〉のように疲れた彼女の体を、指先から順に、もみほぐし引きのばして車の中に紡《つむ》ぎこんでしまった。彼女が完全に糸になってまきこまれてしまってから、車はタロタロタロと軽くしめった音を残して、やっと止った。

「あなた方は五十人の首をきり、その五十人分を私たちに働かせ、不正を衝《つ》く言葉をもつ勇気のあるものがいなくなったのを幸いに、それ以上を働かせ、五千万円ももうけることができました。どうか私たちの給料を上げて下さい。」そう書いたビラをくばったために、工場から追出された三十九歳の老婆の息子が、今日も工場の中に残っている哀《かな》しい仲間の倖《しあわ》せのために、彼らの消えかかった心臓のストーブに吹き送る酸素の言葉を、一日ヤスリと鉄筆の間にはさんだ原紙にほりつけ、一日とうしゃ版のローラーを押しつづけた疲れから、裸の腹の上に新聞紙をあてがって、ユーキッタンと糸車を踏む母親の足元にぐっすり睡《ねむ》っていたが、タロタロという音に変る最後の瞬間ふと目を開けて見た、水あかに染った黒い仕事着の中から、するすると抜け出していった足の先を。そして、その足の先が、さらにするすると引きのばされて、糸車の細い穴から吸込まれていったのを。

——母さん。

若い老婆の老《ふ》けた息子は、両手の指をあぐらの上で組合わせ、爪《つめ》が紫色になるまでぎゅっとにぎった。頭で考えられる以上のことに出逢《であ》ったとき、心臓で感じられる以上のことに出遇《であ》ったとき、こうして組合わした指の間で考えたり感じたりすることを、いつの間にか彼はおぼえていた。指の間で感じられることを充分感じてから、中味のなくなった老婆の仕事着を新聞紙の代りに腹にのせ、また横になった。何事も変えることの出来ない、疲労の海の波、さけることの出来ない存在の物理的法則。解き放つ鎖以外の何ものも持っていない彼が、睡りたいと思ったとき、何事もそれをさまたげることはできない。

翌日、やはり同じくらい貧しい隣の女の足音で夜が明ける。女は前の晩に老婆が紡いだ糸を受取りに来たのだ。それをジャケツに編んで、夫の賃銀だけではどうしてもとどこおりがちな家族五人の新陳代謝を、なんとかもちこたえていかなければならない。

——母さん、留守？　どうしたのさ、こんな早くから。おや、糸をまだまき返していないんだね。困っちまうよ。でも、急ぐから私がとっていくよ。手数料をちょっともらわなけりゃって、言っておいてね。

老けた青年はあくびをかみ、もう一度あぐらの上に指を組合わせる。

——その糸は、持って行かれては困るような気がするんだけどな。

——困るだって？　気がするんだって？　随分変な気がするんだね。空気を食べてお腹《なか》がくちくなるようなお咒《まじな》いを発見したような気でもするんじゃないの？　そんな気がするときは、あんまり真面目《まじめ》くさった顔をするもんじゃないよ。

——そうだよ、小母《おば》さん、おれはどんな顔をしたらいいのか、分らなくて困っているんだ。

——そうだろうとも、分ったらおとといおいでだ。朝っぱらから女に冗談をいう年でもあるまいし。

三日目に、老婆は一枚のジャケツに編上げられた。

女はそのジャケツを抱えて街に行った。

工場街の町角で、女は道ゆく人に呼びかける。

——兄さん、お買いよ。あたたかいよ。決して風邪なんかひかないよ。

——ほんとに、まだ、生ぬるいね。

――そうとも、これは、純毛だよ。百姓家で、生きているめん羊から切りとった毛だよ。

――なんだか、ついさきまで、誰かが着ていたみたいじゃないか。

――とんでもない。古物なんかじゃないよ。つい今しがた編みおわったばかりさ。

――まざりっけがあるんじゃないのかい？

――そばによって、触ってごらんよ。百姓家で、生きているめん羊から切りとった毛だよ。

――そうかもしれないね。……おや、このジャケツは妙な音をたてるじゃないか。つねると、ギュップと鳴いたぜ。生きているめん羊の毛を使ったせいかい？

――ふざけちゃいけないよ。鳴っているのはお前さんの下腹さ。腐った納豆でも食ったんだろう。

ジャケツの中で老婆が泣いたのだ。ジャケツの中で老婆は涙をこらえる。ジャケツになりきってしまおうと、老婆は糸になった脳で考え、糸になった心臓で思う。

そこに老婆の息子が通りかかった。

――小母さん売るの？　そのジャケツを売ってしまっては、困るような気がするんだがなあ。

——困るって？　気がするって？　私は商売の邪魔をされては困るような気がするよ。あんたみたいな一文なしにからかわれたって、ちっともうれしくはないからね。

——ジャケツは売るためのものだからなあ。

——そうとも、着るためのものだなんて思ったらおお間違いさ。さあ、そこの兄さん、ごらんよ、あんたが着たらきっと似合うよ。女の子が見てくれるよ。決して風邪なんかひかないよ。

しかし、いつまで経《た》っても買手はつかなかった。出来が悪いのではなかった。三十年間使ってきた編棒には、彼女の指の神経がのびてはいりこんでいるほどだったし、その上、いかにもがっちり実用的だった。季節が悪いのでもなかった。もう間もなく冬だ。

要するに誰も彼もが貧しかったのだ。

彼女のジャケツを着なければならない人々は、一様に貧しすぎた。ジャケツが買える連中は、結局外国から来る高級品を着る階級だった。それでとうとう、三十円と引換えに、ジャケツは質屋の庫《くら》におさまった。

どこの質屋の庫も、すでにジャケツでいっぱいになっている。町中のどこの屋根の下も、ジャケツを持たない人でいっぱいになっている。

人々はなぜ、ジャケツのことで不平を言いださないのだろうか？　人々はもう、ジャケツの存在さえ忘れてしまったのだろうか？

貧しさにおしひしがれて、生活の樽《たる》の底にはりついた漬物、塩づけになって重しをかけられた茄子《なす》のように、肉体を包む皮の袋から、夢も魂も願望も流れだしてしまった。それらは持主をなくし、ガスのように空中にただよう。それこそどうしてもジャケツでくるんでやる必要があったもの、きっとそうだったにちがいない。ジャケツを買うことのできない貧しさが、彼らをジャケツで包む必要のある中味を持たぬほど貧しくさせてしまったのだ。

人は貧しさのために貧しくなる。

そんな不合理な貧しさにも、何か理由があったのだろうか？　いったいお前は何者？　どこからやって来たのだ？

細い糸を機械で織った、少しもあたたかくない花模様のジャケツ、外国からやって来たジャケツを着る階級の男たちは考えた。なんとしても、ジャケツの数が少し多すぎるのだ。戦争をおこして、どこか外国に売りつけてみたら、どんなものかしら？

太陽の足は膝《ひざ》をかがめ、影は長く淡くなって、冬が来た。蒸発していった夢や魂や願望が、空中で雲になって、一日じゅう太陽の光をさえぎるので、ひとしお寒い冬が来た。

　木の葉が降り、鳥の羽毛がぬけかわり、空気はガラスのようにすべっこくなった。人々の背はまるくなり、鼻の頭が赤くなり、言葉や咳《せき》が白く凍るので、タバコの煙と間違えて先生が生徒を、職長が労働者を鞭《むち》で打った。貧しい人は夜が来るのが怖く、朝が来るのが哀しかった。外国製のジャケツを着た男たちは、猟銃の手入に没頭し、外国製のジャケツを着た女たちは、高い毛皮を首に恰好《かっこう》よくまくために、毎日三十回ずつ鏡の前で廻転した。スキーの選手は蠟《ろう》をとかし、スケートの選手は砥石《といし》に油をしませた。最後のつばめが飛立ち、最初の石炭売りが街角で両手をもみ合わせた。

　気象学の法則に加えて、以上のような一切が、内と外の両側から夢と魂と願望の雲を冷却させ、それらは凍って結晶した。ある日それは雪になって降りはじめた。じっと見詰めていると、まるで空間が天に向って流れているのかと思われるほど、雪は整然と空間を満たして降った。雪は街の生活がたてる物音の一切を吸取ってしまった。その異様な静けさの中で、夜ふけなど、チキンチキンと雪片のふれ合う音が聞えさえした。その音は、防音装置をした巨大な部屋でならす小豆《あずき》ほどの銀の鈴に似ていた。

夢や魂や願望が結晶してできた雪が、普通の雪とちがうのは、むしろ当然であったかもしれない。その結晶は見事なほど大きく、複雑で、また美しかった。あるものは薄く砥ぎだした瀬戸物のように冷たく白く、あるものはミクロトームでけずった象牙《ぞうげ》のようにほのかに白く、あるものはみがいた白さんごの薄片のようにあでやかに白かった。あるものは組合わせた三十本の剣のように、あるものは重なり合った七種類のプランクトンのように、さらにあるものは一番美しい普通の雪の結晶を万華鏡《まんげきよう》でのぞいて八倍にしたようだった。

またその雪は、たしかに液体空気よりも冷たく、液体空気の中に降ったひとひらが、煙をはいて融《と》けるのを目撃したものがいたということだ。従ってその固さも格別だった。剣の形に結晶したやつでなら、きっと髯《ひげ》をそることだって出来たにちがいない。

たまたま自動車がその上を走ると、復氷の原理に従って融けるどころか、チキンチキンと鋭く鳴りながら、かえってタイヤをずたずたに切りきざんでしまいさえした。存在すると言われるほとんどすべての存在が、その結晶をくだこうとするまえに切り裂かれてしまい、その結晶を融かそうとするまえに、結氷させられてしまうのだった。その冷たさを語るために、どんな例をあげたらいいものだろうか？　ヴェルレーヌまがいに、凍《い》てつける公園に頰をすりよせる恋人たちの熱い額に降った雪のことをか？——二人はダリの色つき彫刻のように固く動かなくなった。あるいは四十一度の高熱に、臨終のうめきをあげていた病人の額に降った雪のことをか？——その病人は生と死のちょうど真中で、どちらにも行くのを止《や》めてしまった。それとも破れた壁から、とぼとぼと燃える乞食《こじき》の石油《せきゆ》罐《かん》ストーブに降った雪のことをか？——炎はそのまままガラス細工のように動かなくなった。

来る日も来る日も、あくる月もまたその翌月も次の年も……フォード工場のベルトのように絶間なく雪は降りつづけた。チキンチキンと、錫《すず》の板をはじくように、静かに果てしなく降りつづけた。

街路樹の枝に、
郵便のポストに、
住手のいなくなったつばめの巣に、
屋根に、
道路に、
下水に、
マンホールの穴に、

小川に、
鉄橋に、
トンネルの入口に、
畠《はたけ》に、
鳥小舎《とりごや》に、
炭焼小舎に、

さらにジャケツをしまってある質屋の庫にも……。

そしてそれらの雪の上に、また新しい雪が重なり、町の表面はなだらかな雪の曲線に覆《おお》われてしまって、数日の後、もしくは数時間の後、不意に映写機の歯車に故障がおきたかのように、街全体がぴったりと動かなくなっていた。ミンコフスキーの空間から、時間の軸が消えてしまい、ただ雪の方向に逆らって、一枚の板で表わされる空間が動いて行くだけだった。

腰に弁当を下げた労働者が、ドアから半分体をのり出して空を仰いだまま、じっと動かなくなった。空地で遊んでいた子供の投げたボールが、見えない蜘蛛《くも》の巣にひっかかったように、そのまま空中にとまってしまった。タバコに火をつけようとしていた通行人が、ガラスのような動かない火のついたマッチを手にしたまま、首を傾《かし》げて凍りついた。工場の大煙突から、黒い敷布をかぶったいたずら小悪魔のような身ぶりで這《は》い出して来た煙の固《かたま》りが、水の中に流れて固まったゼラチンのように動かなくなった。またある雀《すずめ》は、ボールのように空中に凍りつく前に、地面に墜落したので電球のように粉々に砕けてしまった。

そうしたすべての物の上に、さらに雪が降りつもった。水銀柱はぐんぐんと限りなく下り、ついに目盛がなくなって、寒暖計自身が短くちぢまって見せなければならないほどだった。

時折、町を縦横に、するどい雪煙をあげて亀裂《きれつ》が走った。だがそれもすぐ雪に埋まって見えなくなった。

しかし最初のうちは、それでもなんとか凍結をまぬがれた幾つかの家族がいた。外国のジャケツを着た家族たちだった。その外国のジャケツ自身には、別にこれといった効用はなかったのだが、ただ彼らは貧しくなかったので、絶対に雪の降りこまぬ屋根と、真赤に焼けたストーブを持つことができたのだ。だがその彼らにしても、やがて食糧品棚の空間が、あまり広くなりすぎていることに気づかないわけには行かなかった。ポッポと燃えるストーブの周囲で、互いに家族同士の食物の分量を監視しあうようになった。そのうち石炭も不足しはじめて、ソファが木の椅子《いす》に、木の椅子がミカン箱に、ミカン箱が床そのものに、そして床板までが一枚一枚と慎重にはがされていった。電燈はランプに変り、ランプは蠟燭《ろうそく》に変り、それから暗闇《くらやみ》に変った。つややかな毛皮の婦人はひからびた狐《きつね》になり、銀行の株のことを考えながら猟銃をみがいていた紳士は毛のぬけたリウマチの犬になり、探偵小説に読みふけっていた息子の大学生は、ピストルを持ってママの寝室にかくしてある鑵詰を襲う本物のギャングになった。灯のなくなった窓からは、昔の女中を叱《しか》る重々しい声と、バクチに勝って笑う上品な優しい声に代って、ののしる声、悲鳴、重いものが倒れる音、布を引裂く音、長いたえ入るようなうめき声などが聞えはじめた。

当主たちは、互いに自家発電の無線電話で、ヒステリックな相談をつづけていたが、最後に外国の援助をあおごうという結論に到達した。無電で問い合わせた答えはこうだった。

——ジャケツ、新しい柄物、白黒まだらの思想的虎紋ジャケツを、もう五千枚お買いなさい。さもなければ、アトム・ボム五十箇ほどはいかがでしょう？

要するに、いずれにしても貧しい人たちが動きはじめ、工場が動きはじめて、戦争がおこせなくてはどうにもならないことが、今や誰の目にもはっきりしたのだった。

そこである一人の智慧者《ちえしや》が、幾本もの棒をつなぎ合わせ、その先に針金をまげたものをつけて、窓の隙間《すきま》から、外に凍りついている通行人の一人をひっかけてみることにした。一瞬、外国のジャケツを着た家族たちも、争いを止め、望遠鏡にかじりつき、無線電話にかじりついて息をこらした。だが通行人は、ぱらぱらと、音もなくくずれ落ちただけだった。

最後の、自壊的なヒステリーの爆発。それはゼンマイの外れた玩具《がんぐ》。無意味な物質に還元する最短コース。窓を開けて、雪の中に手を差しのべ、自ら凍ることのみが、理性あるものの最後に残された行為であるかとも思われた。

こうして、今ではほとんどありとあらゆる生物が凍りついてしまったはずなのに、不思議に一匹の鼠《ねずみ》だけが以前と少しも変らぬ生活をつづけていた。それは老婆《ろうば》のジャケツがしまってある質屋の庫の鼠。間もなく産れる五匹の子のために、あたたかい巣の材料を探している。

人間の場合のように、願望をさえぎる貧しさなどというものも持ったことのない鼠は、素晴らしいそのジャケツを使うのに、なんのちゅうちょもするはずがなかった。

鼠はジャケツをくわえ、かみ切った。

突然、その切口から、血が流れ出た。偶然老婆の糸になった心臓の真上に、鼠の牙《きば》がつきささったのだ。知ろうはずもない鼠はただ驚いて、三足で巣の中に逃げ帰り、その場で流産してしまった。

老婆の血は静かにあふれ、やがて隅々までしみわたって、ジャケツは自分の血で真赤に染まった。

降りつづいていた雪が、不意に止んだ。それは寒さの限界であったのかもしれない。雪の落下運動それ自身が凍結して、降ることができなくなったのだ。

そのとき、赤いジャケツは、まだつややかな血の色に輝きながら、ふわりと空中に立上った。まるで透明人間が着ているようだ。ジャケツはすべるように外に出た。夜とも昼とも区別のつかぬ、動かない雪の空間を、すべるように泳いでいった。

老婆のジャケツは、やがて一人の青年を雪の中に探し当てる。工場の門のわきで、小脇《こわき》いっぱいにビラをかかえ、出てくるものに手渡そうとする姿勢のまま凍りついていた、彼女の息子の前に。

ジャケツは青年の前に立止った。それから、わきに立った透明人間が着せてやってでもいるように、ジャケツは独りでに老いた息子の体をすっぽりと包みこんだ。不意に彼はまたたきをした。それから軽く首を左右にふり、少しずつ体をゆすった。不思議そうにあたりを見廻《みまわ》し、自分の赤いジャケツを目にとめた。突然彼は自分が詩人であることに気づき、うなずいて笑った。

チキンチキンと鳴る雪を、両手に受けてじっと眺める。雪にふれても彼はもう凍らない。雪よりももっと冷たくなったのであろうか、その目の輝きは……海岸の砂をすくい上げでもしたように、掌《てのひら》から掌へとさらさら流して、少しも傷つかない。鋼鉄よりも固くなったのであろうか、その手の皮膚は。彼は首を傾げる。想出《おもいだ》さなければならない。この変身がやってきた道程について。

眉《まゆ》の根をよせて、想出そう。そうだ、想出さねばならぬものがあることを、彼は知ってた。いや、もしこの凍結で中断されるようなことさえなかったら、貧しいものなら誰でも知っていることだった。この雪が、どこから降って来たのか？

答えられなくても、感じることはできるだろう。見たまえ、この見事なまでに大きく、複雑で、また美しい結晶は、貧しいものの忘れていた言葉ではないのか。夢の……、魂の……、願望の。六角の、八角の、十二角の、花よりも美しい花、物質の構造、貧しい魂の分子の配列。

貧しいものの言葉は、大きく、複雑で、美しく、しかも無機的に簡潔であり、幾何学のように合理的だ。貧しいものの魂だけが、結晶しうるのは当然なことだ。

赤いジャケツの青年は、雪の言葉を、目で聞いた。

彼は小脇のビラを裏返して、そこに雪の言葉を書いていこうと決心した。一つかみの雪をつかんで宙にまくと、チキンチキンと鳴って舞上ったが、落ちるとき、それはジャケツ、ジャケツと鳴って降った。青年は笑った。彼の心が、その唇の小さな隙間から、静かに明るいメロディーになって遠くの空に消えていった。答えるように、あたり一面の雪が、いっせいにジャケツ、ジャケツと鳴りはじめていた。

それから彼は、結晶の一つ一つについて、細かい具体的な観察をはじめる。書きとめ、記号を決め、分析し、統計をとり、グラフにまとめて、また耳をすませる。彼には聞えてくるのだ。雪の言葉、貧しいものたちの、夢と、魂と、願望の声が。……たゆみなく、驚くばかりのエネルギーで、彼は仕事をつづけてゆく。

その中で、次第に雪は消えはじめていた。彼に語りおわった雪は、もう存在する必要がなくなるらしかった。語りおえた順に、ストーブの火さえ凍らせたあの雪が、黒くしめった土にふれるが早いか消えてゆく春先の雪のように、跡形もなく消えてしまうのだった。

いや、本当の春が近づいていたのだ。春が、彼の手に重ねられてゆくノートを暦にして、その足取で近づいてきているのだ。

ある日、雲の割目から、太陽がいたずら少女のような手を差しのべた。そして泡立つ古い酒を入れた水がめの底に、誤って落した金の指輪をさがそうとでもするように、静かに町の睡《ねむり》をゆすりさました。

動くものの気配がした。半身不随で、よろめき出て、彼を見て笑い、手を差しのべるものもいた。それから、そっと彼の腕に手をふれて、「ジャケツ、」と呟《つぶや》くと、ためらわずに立去って行くのだった。やがて、彼の周囲には、次々と現われる人で群がり、「ジャケツ、」と言って腕にふれ、微笑《ほほえ》みながら去ってゆく人が町の四方にひろがって行った。

到《いた》るところで、持主のなくなった庫が開けられ、数限りないジャケツが次々と搬《はこ》び出される光景があった。「ジャケツ！」喜びと力にあふれた讃歌《さんか》が、黒くしめった重い土、やっと駈《か》けることをおぼえた三歳の子供のようにころがって走る小川のせせらぎ、島のように残った雪の間からのぞく浅緑の玉、それら春の使者たちに向って高らかに呼びかけられた。春だとはいえ、まだ寒いとすれば、貧しい人たちがジャケツを身につけたのは、やはり美しく素晴らしい光景ではなかったろうか！

最後の雪の一ひらが消え、彼の仕事も終った。工場の汽笛が鳴りはじめ、彼の周囲には、ジャケツを着て笑いながら働きに出る群衆がいる。そのあいさつを受けながら、彼は完成したその詩集の最後の頁《ページ》を閉じた。

すると彼は、その頁の中に消えてしまっていた。

（「文芸」昭和二十六年十月号）

空中楼閣

求む工員
空中楼閣建設事務所

アパートの前の電柱に貼《は》られたそのビラを見て、失業中のぼくが気にならないわけはなかった。むろんそのビラは妙だった。空中楼閣というのもおかしいが、第一所在地が書いてない。下手な字で書きなぐったその安っぽい紙きれを見ていると、書き忘れたというより、あさましい目つきで仕事をあさっているぼくのような男をからかうつもりだと考えたほうがよさそうだ。にもかかわらず、ぼくは気になった。そのいわくありげなインチキ臭さが、かえってぼくを考えこませた。

「万一……」と餓《う》えているぼくは考えざるをえない。その求人が本当だとすると、そこには何か特殊な事情があるのかもしれないではないか。例えばそれが非常に熱意を要する仕事であり、しかも多くの人間を要しないものとすれば、所在不明の事務所を進んで探り当てるほどのものだけを求めているということも考えられる。もっとうがって考えれば、袋小路になっているアパートの前にそのビラが貼られた以上、それがアパートの住人を対象にしたものであることは明白であり、従って、アパートの住人であれば所在を明示しなくても必ず（何等かの方法によって）その場所をつきとめうるということが前提になっているのかもしれない。そして、さらに万一、そこにたどりついた場合、その困難を克服した小数である以上、仕事にありつける可能性はほぼ確実と見ていいだろう。ここまで考えてしまうと、それがインチキ臭ければ臭いほど、よけいに「万一」の可能性も大きくなるわけだった。

一日一日と、そのビラはぼくの中で成長していった。やがてそのビラが雨とほこりに風化しはじめたころ、それを信ずる気持はぼくの期待の中に、確固として抜きがたい根をひろげてしまっていた。

ぼくはほとんど信じはじめていた。もう間もなく失業保険が切れるのだが、それまでには必ずその事務所に行きあたるに相違ない。そして仕事を求めて走りまわる道すがら、工事場や事務所のようなものがあるたびに、わざわざ近よって看板を見ずにはいられなかった。時には中の男に心当りを尋ね、決って意味ありげな薄笑いをむくいられて、いやな思いをしたりした。だがそうしたことも、ますます、確信を強めるのに役立つだけだった。ぼくは何時《いつ》のまにか、何か他の仕事を見つけようとする誠意さえ失っていくようだった。ついには、確定した採用の通知を待つ身ででもあるような錯覚にさえおちいっていた。

気の向かない日には、出掛けるのもやめてしまった。部屋に閉じこもって、やがて従事することになるはずの工事の性質について、あれやこれやと想像してみたりするのだった。空中楼閣というからには、何かとほうもないものにちがいない。きっと誰にでもできるというようなものではないのだ。それだけに、もうけも大きいだろう。こんなに人を待たせる以上、ずいぶん割のいい仕事にちがいない。一体どんな建物かな？　空中楼閣というのは、ふつうには、不可能なことを頭の中だけで設計することだ。ちらっと頭をかすめる、（詐欺《さぎ》専門？）いや、そんなことはあるまい、もっと字句どおりに解釈すべきだろう。（そう解釈したい。）やはり建物にはちがいないのだ。脳病院のようなものかな？……それとも、楼とか閣とかいうところをみると、料理屋か温泉宿か新興宗教の御殿か、そんな種類のもの？……だが、空中というほうに強い意味がかかっているとすれば、案外飛行機のようなものではなかろうか？　そうだ、きっとそうだ、空飛ぶ要塞《ようさい》という言葉だってあるくらいだからな。……（ふん、だが待てよ）建設？　いったい飛行機を建設するなどと言うだろうか？　製造というのが普通じゃないかな？　すると……。と、そんな具合に、条件なしの空想はどこまでも続く。しかしその範囲は狭く浅く、巧みに仕組まれた迷路に似ている。

いよいよ失業保険の切れる日が来た。

不安と期待がこすれ合い、パチパチと電気をおこす。そのために全身の毛細管がふくれ上り、内臓の粘膜にまでほてりを感じて、朝からぼくは落着きなく部屋の中でうろうろした。今日こそ事務所から何等かの通知があるに相違ない。ぼくは一分おきに窓から首をのばして道を見た。今日でないとすれば、なんのために今日まで待つ必要があっただろう。ぼくはこちらから出向いてみようかとも思った。今日ならば、黙って歩いて行ってもその事務所に行きつけるにちがいない。ぼくは力を感じた。だがやはり待ってみようとも思った。うっかり部屋を開けると、使いの者と行きちがいになりそうに思われ、それが不安だった。しかしいずれにしても、あのビラが真実である限り、ぼくのすることはすべてそうなるべき必然においてなされたわけなのだから、どっちの方法を選んでも同じにちがいない、そう考えて、結局部屋にとどまることにした。

ぼくは部屋をかたづけ、よそゆきの身仕度をして、何時誰が来ても構わないようにして待った。季節外れではあったが、冬の上衣《うわぎ》を着てネクタイまでしめた。もっともまだ六時を少しまわったばかりで、そんな時刻からこの身なりは息苦しかった。上衣だけは脱いで、しかし何時でもすぐ着られるようにすぐわきに置いた。

ぼくはふと椅子《いす》が一つしかないのに気づいた。話の間、まさか空中楼閣からの使者を立たせどおしにしておくわけにもゆくまい。そうかと言って、床に坐《すわ》らせるのも気の毒だ。だが、相手に椅子をゆずって、ぼくが立っているというのもまずいだろう。なにしろぼくと契約を結ぶためにわざわざ出向いてくるんだ、あんまり卑屈に見られたりすると、相手の信頼感をそこなってしまう。

隣の気象台につとめているK君から借りることにした。K君はちょうど出掛けようとして、爪《つめ》を切っているところだった。ぼくの頼みを聞くと、黙って顎《あご》で椅子を指し、いやにそっけない態度だった。きっとぼくが失業者なので、椅子でも貸せば、すぐにつけこんで今度は金を貸せなどと言い出すにきまっている、そんな顔つきだった。ぼくは弁解した。今日就職が決って、その話で人が来るのだ。そう言いながら、何んとなく後ろめたい気持だったが、言ってしまうと、話の内容が一そう確実になったような心強さを感じた。ぼくは相手の迷惑そうな様子にかえって意地になり、もっと詳しく説明しようとした。「空中楼閣建設事務所というところでね……」相手の反応を予期して、わざと爪切の上にふせているその顔をのぞくようにすると、意外にもK君は「もう百ぺんも聞いたことをまた聞かされたといわんばかりの表情で爪切を置き、「そうですか、私も前からそこに務めています。」

愕然《がくぜん》としたのはぼくのほうである。「なんですって！　君は気象台に出ていたんじゃないんですか？」

「ええ」と言ってK君は腕時計をのぞき、それからちらっと横目でぼくを見て、「気象台は空中楼閣建設事務所の研究室なんですよ。」

無意識のうちにぼくはK君の爪切を取り、（いや、心のどこかで、爪を切らなくちゃと一瞬思った。）それから狼狽《ろうばい》をかくすために、精神病院だとか東洋一の観光ホテルだとか大飛行船だとか、とりとめもないことを喋《しゃべ》りながら、ふとK君の鋭い視線を感じて口をつぐんだ。かわりにK君が冷然と、ぼくを押しのけるように、乾いた火花のような早口で喋りはじめた。知りたいという慾望《よくぼう》が、むろんぼくをその屈辱に甘んじさせた。

「気象学もすでに観察から応用の段階にはいっています。空気の流れはもう漠然とした捉《とら》えがたいものではなくなりました。大気の気象学的法則は、それを決定するための諸条件があまりに多すぎるため、従来はその大半が偶然に律せられるものとみなして、統計的に近似値を求めるにすぎなかったものですが、今では、職人が煉瓦《れんが》を積むように、確実な素材として大気の動きをつかむことができるのです。例えば、わが国の上空には偏西風という気流の帯があり、その中心の噴流から出る枝の具合によってそれ相当の高気圧の塔が形成されます。これがわが国の気象の変化を支配する最大のモメントで、この塔を適当に処理することで颱風《たいふう》をくい止めたり、また雨を降らせたり、自由に天候を調節することができるわけです。この、噴流の枝に立てられた高気圧の塔のことを、われわれは空中楼閣と呼んでいるのです。」

まるで人の感情を無視した話しかただ。完全にぼくを素人《しろうと》あつかいにしている。もっとも、事実ぼくは素人だったのだ。K君の話は全く科学的であり、合理的であり、完全にぼくをぶちのめすのに充分な力を持っていた。

ふいにK君がぼくの手から爪切を取上げた。いつの間にかぼくは無心に爪を切っているのだった。

部屋に帰ってからも、しばらくの間ぼんやりして、どうしても考えがまとまらない。仕事の内容が明白になり、それも期待を裏切るどころか想像もしえなかった気品ある知性的なものであることを、当然よろこばなければならないはずなのに、何かしら不吉な予感があって、確信の足もとがぐらつきはじめているような気がする。ふと、使者は来ないかもしれない、そんな考えがちらっと頭をかすめて、ぼくは慌《あわ》てた。K君こそ使者だったのかもしれない、そんな考えも浮んだ。そうでなくても、K君は当事者と連絡ある人なのだから、ぼくが使者を待っているということを事務所に連絡してもらうことくらいはできるかもしれない。きっとそうすべきだったのだ。あるいはK君はあらかじめ事務所から何かの指令を受けていたのかもしれないではないか。彼の先生みたいな話しっぷりは、それをぼくに暗示するためだったような気もする。とにかく、このままでK君を行かせてしまうのが間違っているということだけは確かだが。

K君を呼びもどすために、窓をのぞいた。誰かが玄関を出てきた。K君でなくて階段の下に住んでいる独身のタイピストだった。むすめは奇妙に着飾っていた。なぜか裸よりももっと裸になっているように見えた。むすめは玄関の前の石畳の上で、クイックだかブルースだかのステップを踏んでみせた。誰かに見られることを意識して、それに答える義務を感じているといったような素振だった。いや、誰も見ていなくても、空や地面や壁や電柱に対してそうしなければならないと信じてでもいるようだった。ぼくは純然たる好意から、見ているということを教えてやる義務を感じた。彼女の足元に落ちるように唾《つばき》をはき、丁度ポケットに入っていたタバコの空箱をその頭に命中させた。

むすめはすばらしく驚いた。驚いただけでぼくの好意など少しも感じていないようだった。ちえっ、なんていう田舎むすめだ。そんなことなら、そんな真似《まね》をしなけりゃいいんだ。不作法者め、ぼくは礼儀のつもりでしたんだぞ！　そこで今度は、むすめの思惑どおりの気持でマッチ箱をぶっつけてやった。むすめはおびえて猿のような恰好《かっこう》をした。その時、突然K君が現われて、むすめの腕をつかみ、むすめの視線をたどってぼくを見つけた。その目は駅の公安官が無賃乗車の切符を験《しら》べるときの目つきだった。

ぼくは急いで窓を閉めた。何かピンポンのラケットのようなもので、鼻面《はなづら》をピシャリピシャリとやられているような気持だった。K君の見えない手がするするとのびてきて、ぼくの口からはいりこみ、心臓をつかんでいじくりまわしているようでもあった。折角借りてきはしたものの、結局誰にも坐ってもらえそうになくなった椅子に、棒になった視線でつっかえ棒して、ふと口が、しようと思っても出来なかった歯ぎしりをしているのに気がついた。そこでK君の椅子を力まかせに蹴《け》っとばし、(壊れなかったのに内心ほっとしながら) 憮然《ぶぜん》として腕を組んだ。

汽車の窓から眺める景色のように、時が飛ぶ。ぼくはそれをただ苦痛の震動で受動的に感じるだけだ。腹が立つ。何んのためにこんなに待ったのか、待たせる必要があったのか。結局はだまされ、ぼくが被害者なのだ。しかし、何んのためにぼくをだましたりする必要があったのか。……そのうち震動が弱まり、時間の流れもおそくなり、次の駅が近づいたのかもしれない。ぼくは考える、加害者は誰か?

Kだ、Kのやつにきまっている。ぼくは突然判断する。ぼくと何んの関係もない空中楼閣建設事務所が、なにもぼくをだます必要なんかないじゃないか。Kが職務を怠ったのだ。そうにちがいない。事務所のほうでは当然ぼくに期待をかけていたのだ。Kはぼくと連絡する要務を課されていたにもかかわらず、（それはとりもなおさず下《した》っ端《ぱ》だということである）下っ端のひがみ根性と、官僚的な無責任さから、職務を怠ったのだ。

この考えは、完全に合理的に思われた。

しかもKはこんな重大な時に、あんなタイピストなんぞと朝っぱらからランデヴーをきめこんでいる。こんなだらしない男に、責任ある仕事をまかせなければならないほどだとすると、空中楼閣の建設も危機に瀕《ひん》していると言わなければなるまい。よほど人手不足なのだ。ぼくは要望されていたのだ。Kのやつ……。

ぼくは外出の用意をした。行けるところまで行ってみよう、多分行きつけるにちがいないと思った。Kの職務怠慢を報告し、ぼくがなおも希望を捨てなかったことを、当事者たちに伝えなければならないと思った。

ぼくの考えは正しかったようだ。外に出るが早いか道路の真中をこちらに向ってやってくる一匹の三毛猫に出遇《であ》った。ぼくは直観的にその猫が事務所と関係あることを見抜いた。ぼくが立止ると猫も立止った。充分の敬意をはらって手を差しのべると、猫はすでにぼくを見知っていて、いかにもなつかしげによってきた。近づきのしるしに、まず手際《てぎわ》よく背中をなでてやると、パチパチと電気がおきて、再び期待がぼくの中に充電された。ぼくは猫をかかえ、確信をもって先に進んだ。

四つ角にきても、どちらに行こうかなどとちゅうちょすることはまるでなかった。猫の目を見ればよかった。目が駄目なときは尻尾《しっぽ》を見ればよかった。それは必ずどちらかに向いていた。

事務所は相当遠くにあるらしかった。そのうち猫から食事をしろという合図があり、(腹がごろごろと鳴った。)近くの食堂に入って天ぷらそばを注文して、天ぷらの部分を猫にやり、そばの部分をぼくが食った。食堂を出ると、電車にのれという合図があり、(尻尾を立ててウンニャウと鳴いた。)途中合図がなかったので終点で下りた。海岸だった。小さな貨物船がつく桟橋が並んでいた。船に乗れという合図があるのではないかと不安だったが、(途中で海に飛込めという合図がある可能性があったので、)しかし幸いなことにぼくらは倉庫の町を通りぬけ、住宅街に出た。

突然着いたという合図があった。猫がぼくの腕に爪を立て、思わず離してやると、素早く駈出《かけだ》し、黒い板塀の大きな屋敷の中に走り込んだ。ぼくは緊張し、急に鼻血が出た。門柱によりかかって、ハンケチでおさえながら、迎えを待った。やがて鼻血はとまったが、それでも誰も出て来なかった。猫が合図を忘れたのではないかと不安になった。それとも、ぼくが自分でやってくるだろうと考え、迎えの準備のために、とりこんででもいるのだろうか？　きっとそうだ。立派な、金のかかった庭。水をまいた白い砂利を踏んで歩きながら、重役か、よほど重要な地位にいる人が直接交渉しようというのだ、そう思って、ふとKを憐《あわ》れんだ。

物々しいドア……ベルの音……儀式めいた取次……やがて恰幅のいい紳士がぼくの前に立っている。

「御用は？」

「猫が……」

「猫？」

「案内されまして」

「何んですって？」

ぼくはまた鼻血がでそうになるのを感じ、あわててハンケチを取出しながら、「お呼び立てでは……」

「私が？」紳士はぼくのハンケチの血を見て、体のどこかでさっと青い光をはなった。

「ちがったでしょうか、こちら、空中楼閣の……」

「空中楼閣？」しばらくためらって、「そうだよ。」

「ああ、やっぱりそうだったんですね。」ぼくはほっとして、今にも笑い出しそうになるのをこらえながら、「カラキです。K君の隣にいるカラキです。K君、まったく頼りないもんですから……」

「K君？　カラキ君？」

「K君、御存じないんですか？　気象台のK君です。」

「気象台に、知人はないつもりだが。して、御用件は？」

「おかしいなあ。ぼく、空中楼閣建設の仕事をたのまれて、K君が連絡係のはずだったと思うのですが。」

「ふん、君のいうことはどうもよく分らない。そのK君と空中楼閣と、一体どういう関係があるの？　選挙のことかな。選挙なら、参議院はもう終ったし、衆議院は来年だ。来年になってから来てもらったほうがいいな。今年の相場は一票千円だったが、来年は来年で……」

「いえ」とぼくはいささか傷つけられた想《おも》いで、語気強く、「そんなことじゃありません。本当にK君、御存じじゃないんですか。」今度はKの存在が唯一《ゆいいつ》のよりどころのように思われはじめ、「気象台じゃ、古いはずですが。」

「君は、気象台、気象台というが、私は気象台なんかと何んの関係もないよ。」

「だって、気象台は空中楼閣建設事務所の研究室なんでしょう?」

「何か、かんちがいしてるね。」

「そうでしょうか。」

「間違いないよ。」

「じゃ、K君の話は?」

「何んだっていうの?」

「偏西風の噴流に枝をつくって、その高気圧で天気を自由に調節……」

「馬鹿々々《ばか》しい。」

「ちがいますか?」

「ちがうも何も、無関係。」

「変だな。それでは、空中楼閣建設事務所は二つあるのでしょうか。」

「一つさ。つべこべ、勝手な解釈をするやつが沢山いるが、私のほかは、みんなインチキだ。」

「じゃ、やっぱりよかったんです。ぼく、こちらに伺うことになっていたんです。だって、猫が、ちゃんと案内してくれたんですから。」

「薄気味悪いことをいうね。私はもう、君と口をきく気がしなくなった。」

「待って下さい、そんなはずはない。ぼくはもうふた月も待ちました。あなたはぼくを採用することに決めていたはずです。きっとあなたの方が何か思いちがいしているのです。」

「馬鹿に独断的だな。君は変っているか、乃至《ないし》は狂っている。しかし私が空中楼閣建設の主張者であることを知って来たというのは、一寸《ちよつと》した見所かもしれんね。ともかく君は、私の本当の主張を知っておく必要があるよ。聞きたいかね。」

「是非……」

「空中楼閣というのは、国家的な世論統一のための方法論のことなのだ。社会不安は客観的な事実だが、それをどう克服するか、ここに主観の生きる場所がある。国民の意志を一つに集結することだな。大衆はいつでも指導原理を求めるものだよ。そこで為政者は、国民のすべてがそこに精神を集中するような大事業を起さなければならない。例えば、あの偉大なるバベルの塔だ。次には万里の長城だ。あるいは十字軍の東征、ヒットラーの野望。だが時代とともに事態はややこしくなるな。つまり、限界がでてくるんだよ。では、そうした試みは不可能か？ そうじゃない、その失敗には理由があるんだ。どれもこれも、バベルの塔の方法から一歩も出られなかった。つまり、バベルの塔がもっていた限界に全部がつきあたっているのだ。では、その限界とは何か？　いいかね、バベルの塔は天までとどくべく計画された。だが、建築学的に言っても、高さは常に基底の広さと函数《かんすう》関係を保っていなければならない。するとどうだ。バビロンの人間が考えていたように天が有限の高さである間はともかく、現代のように天が無限大、いや相対的原理によって天などという概念が意味をなさなくなった場合、その基礎はどうなるだろうね。土台をどこにすえたらいい？　無限大の基底、……いや、虚無の基礎。にもかかわらず、人は大地に土台を求めた。古い観念から飛躍できなかったのだ。ここに私が打って出たというわけさ。空中楼閣。分りきった話だが、コロンブスの卵だね。空中楼閣建設の大事業をおこせ！　こいつが私のスローガン、論理的で、決定的で、革命的じゃないか。バビロニア以来の政治の夢が、私で実現したというわけだ。……どう？」

「分りません。」

「何？」

「よく飲みこめないんです。」

「ふん、そうか。そんなことだろうと思ったよ。君の貧乏くさい風体を見たときから、おかしいとは思っていたんだ。」

　そのとき、奥から女中の声で、「旦那《だんな》様、また三毛が帰って参りましたよ。わざわざ、あんな遠くまで捨てに行ったのに……。」

「ふうんなるほど。」紳士はぼくを見て鼻を鳴らし、下唇をつき出して、「仕方がない、そういうことなら猫いらずをかけてしまえ。いや、お茶もあげないで失礼。」

　………

　ぼくは、完全に失望すべきであっただろうか？　すでに午後の日射《ひざ》し、港に出て、船の汽笛とクレーンのきしみに泣きそうになりながら、南向きの倉庫の壁に、タバコをふかしているおんぼろの青年と並んで腰を下ろした。

　ふと顔を見合わせ、

「やあ、S君。」

「カラキ君じゃないか。」

「何してるんだ。……（タバコを一本。）」

「考えてるのさ。……（どうぞ。）」

「何を？」

「空中楼閣……。」

Sは詩人だ。いや、詩人まがいのへっぽこ野郎だ。ぼくはきらいだ。しかし、空中楼閣、たじたじとして、その言葉を反芻《はんすう》する。空中楼閣、駄目だ、とうとうSまで来てしまった。ひっきょう、空中楼閣だったのかもしれない。加害者も被害者もいない、ぼくが馬鹿だったのだ。横を向き、ポンポン蒸気の煙に合わせてタバコをふかしていると、

「よせよ、もったいない。何をそんなに浮かない顔をしてるんだ。そんなケチな顔をしていないで、一つおれたちの仲間に入らないか。元気がでるぜ。空中楼閣建設クラブっていうんだ。革命的な大事業……」

「なんだ、君もファシストだったの。」

「何？　なんだと！」

「じゃ、気象台。」

「え？　君は何を言ってるんだ。」

「それじゃ、また別なやつなんだな。」

「別だって？　空中楼閣を建設しようとしているのは、おれたちだけさ。世界的な規模で結ばれている唯一の団体だ。別もくそもないよ。」

「仕事、あるのかい？」

「あるとも、大あり、人手不足で困ってる。なんせ大事業だろう。」

「じゃ、こいつだったんだな。」

「何が？」

「しばらく前から」とぼくは喜んでいいのか悲しんでいいのか分らないような気持で、

「君たちの仲間に入ることに決っていたらしいんだ。」

「そうだろうとも、そうともさ。君はずっと前からおれたちの仲間だよ。」

「そうか、やっぱりそうだったんだな。で、君たちのその仕事は、どんな仕事？」

「そりゃ複雑だ。要するに空中楼閣を建設するんだがね、空中楼閣、知ってるだろう、夜、貧しい子供たちの眠った胸の上にそびえ立つ、あの塔だ。昼の光に会うとくずれ落ち、夜毎《よごと》新しく建てなおさなければいけない。ある日、彼が大人になった日、昼は夜の中までやってくる。夜になっても塔は建たなくなる。塔はとりかえしのつかない繰言になって、忘却のほこりの中に置き去られる。これが空中楼閣だ。しかし、これでいいのだろうか。いけない、われわれは、昼になっても大人になっても消えることのない塔がほしいんだ。塔を建てよう、昼の光の中で手にふれられる塔を建てよ。そこでおれたち詩人は、夜、貧しい子供の胸にしのびこむ。その塔を訪れて、くまなく塔の実状を検分する。分析し、図面にひく。……われわれこそ、具体的な目標で結ばれた唯一の詩人グループだ。」

「だって、ぼくは、生活しなけりゃならない。」

「いいとも、したまえよ。組織し、創作し、理論を深める、これくらい充実した生活がほかにあるだろうか！」

「食わなけりゃならないんだ。」

「そうとも、食わなきゃおなかがすくよ。絶対食うべきだ。なにも遠慮することはないじゃないか。」

「君たちの仕事で食えるのかい？」

「え？　ああ、そういう意味か。むろん、そいつは駄目さ。そのためにこそ、空中楼閣の建設の必要が叫ばれているんじゃないか。この要求を組織しなければならん。」

　ぼくは立上った。そして、Sの鼻をつまんでふりまわしながら、「ぼくに言わしてもらえばだねえ、空中楼閣なんか、くそでもくらえだ！」

「キャッ」と叫んでSも立上った。倉庫の塀にはりつくように、横になって移動しはじめ、十メートルばかり行ったところで、「裏切者！」叫ぶと同時に駈出して行く。

突然、ギガギガギガとこめかみに釘《くぎ》をぶちこむような音、同時に黒い大きな塊《かたま》りが落ちかかって、空中楼閣の崩壊？　いや、一番クレーンが廻《まわ》りだした音、落ちてきたのは長くのびて倉庫の屋根に這上《はいあが》っていたSの影だった。海面に炎《も》え立った火柱を横切って、六時の定期便が出航した。何時《いつ》の間に、そんなに時間が経《た》ったのだ？

突然後ろから激しく突きとばされた。

「逃げろ！」

鼠色《ねずみいろ》の塊りがぼくを追いぬいて前に駈け去ろうとした。つづいて、ぼくも駈けだした。橋、石段、塀の割目、ドラム罐《かん》の山陰、それからどうだったかよく憶《おぼ》えていない、いつの間にか水のかれた堀割の中に立っていると鼠色の塊りが振返り、

「おまえ、誰だ！」

「おまえこそ、誰だ！」

すっぽりかぶった布をはらいのけると、五十がらみの人の好《よ》さそうな労働者の顔が現われて、

「なんだ、人違いか。」

「おどかすなよ。」

「おどかすなって、人違いのせいで、おまえ助かったんだぜ。恩にきるよ。おまえ、あそこ、始めてなのか？」

「何が？」

「しらっぱくれるない。ヒカリ物やってたくせに。こう見えてもおれはおまえなんぞとちがうんだぜ。唯《ただ》の盗人じゃねえ、空中楼閣建設事業の資金集めをやってるんだ。」

「小父《おじ》さんもか！」

「え？　するとあんた、おれを迎えに来てたんじゃないのかい？　やっぱり人違いじゃなかったんだろう。おれ、今日で失業保険が切れるんだ。だから、今日迎えに来てくれるだろうってことは分ってたのさ。あんた、建設事務所の人なんだろう、ね、そうだろう。随分待ったぜ。しかしおれは無駄に待っちゃいなかった、きっと役に立つだろうと思ってな、もう一万円がた集めてある。いや、あんたの方でおれに目をつけたのは間違いじゃなかったよ。さあ、おれの家によってくれ。」

「小父さん、ちがうんだ。おれは迎えに来たんじゃない。しかし、おれはその事業の話をよく知ってるよ。そいつはね、小父さん、ひどいインチキなんだぜ。」

「よせよ、おれをためす気かい？」

「いや、本当だ。おそろしいインチキだ。おれも今日まで待たされた組なんだ。関係者というのに三人も遇ったよ。みんなインチキなんだ。」

「ふん、そうか、つまりおまえも待ってた組だってわけだな。」男は微《かす》かに身を引いて、疑いぶかそうに目を細めた。

「なるほど、そういうわけなら、用はねえ。おれはこっちへ行く、おまえはあっちに行け。」

「まあ聞けよ。」

「てめえの話を聞く耳はねえ。出しゃばるとあぶねえぞ。行っちまえ！」

…………

月明りに、おしつぶされた怪物が背をこごめて立っている。《H工業》門の前に、赤旗が並び、塀には、「スト決行」と無数のビラ。焚火《たきび》をかこんで三十人あまりの青年労働者たちが歌をうたっている。「あたらせてくれないか。」近づくと、背の高い男がさっと立ちはだかって、「誰だ！」「失業者だ。」「よし、あたれ。」激しい緊張感がぼくをいやおうなしにしめつけ、まるで腫物《はれもの》からうみをしぼり出しているみたいだ。何も言うことはない。火がほしいのだ。そしてこの火は、本物の火だ。中では交渉が始まっているらしかった。あわただしい叫び、叫び、叫び、そして歌。突然、暗い谷底の静けさ。何事だ、目を開いてみると、黒い六十幾つの目が焚火の中で煙をはいている。ぼくの目も、いっしょに燃えている。忘れていたものを、少しずつ想い出す。

ふとぼくの隣で囁《ささや》き合う声。

「おい、あのビラは何だい？」

「何、どれ？」

指さすほうに、何気なく目を移すと、「スト決行」のビラの間に、

求む工員
空中楼閣建設事務所

ぼくはぎょっとして、立上った。沈黙の谷間に次第に霧が立ちこめる。ぼくはふるえはじめ、しかし何故《なぜ》ふるえるのか自分でも分らない。あんなもの、誰がはったんだ。さっきの背の高い男が近づいていって、ぐいと引き裂いた。誰も口をきかない。しかし霧はますます深く、海峡のような渦をまき、ぼくはますますふるえた。

不意に男がぼくの顔をのぞき、低い、しめつけられるような声で叫んだ。

「おまえだな！　ストライキ破りだろう！」

「そうじゃない、そいつはインチキなんだ。ぼくは知ってる。」

「スパイめ、知ってるだろうとも。」

「ちがう、ぼくは……」

「スパイ！」

ぼくが叫びかえし、彼らも叫び、突然谷間の静寂は破れた。男がぼくの両肩をつか

んで引き、その反動を利用して力いっぱいぼくを石塀に打ちつけた。それは完璧《かんぺき》な力だった。ぼくは静かに気を失っていった。金色の星が飛ぶ、紫色の海に沈みながら、ぼくは透明な気持で考えた。――闘いを忘れていたぼくにとって、これは、すばらしい結末だったかもしれない。だが、まだ一度も現われない誰かが居る。その男に、会わなければならない。せめて……

ぼくは垂直のまま、海の中を、身軽に泳いだ。次第に目がなれてくると、無数の塔が、ブイのように、空中に立っているのが分った。ぼくはぐんぐんスピードを増し、間もなくある一つの塔の前に立っていた。

一人の男がちょうどその塔を出てくるところだった。男は軍服を着て、全身まっくろに見えた。小脇《こわき》に一束のビラをかかえていた。男の後を追ってゆくと、いつの間にかぼくらはアパートの前に来ていた。

男は電柱の前に停り、驚くべき素早さで小脇のビラの一枚を貼《は》りつけた。そっくりそのまま、最初にぼくが見たとおりの場所に。なんのビラか、近づいて見るまでもない。しかしぼくは近づかなければならない。ビラを見るためではなく、男の胸に、背後から、このナイフを突きさす為《ため》に。

ナイフは奇妙な手ごたえで、途中までささって止った。男は静かに振向き、小さな声で何か言った。それから何事もなげに腕をまわしてナイフを引抜くと、その切口から、さらさらと白い砂がこぼれた。

今度は男がそのナイフを、ぼくの胸につき立てた。ぼくの胸からは血が流れた。もう一度気を失い、それから今度はもう何も見えなかった。

（「別冊文芸春秋」昭和二十六年十月号）

闖《ちん》入《にゆう》者《しや》

――手記とエピローグ――

手記

1

ひたひたと、低い幾人もの足音が、せっかくうとうとしはじめていたぼくを、また起してしまいました。あたりに気兼ねして、よほど気をくばっているらしい様子なのに、いかにも不手際《ふてぎわ》で、かえって異様に耳ざわりでした。ぼくは毛布をかぶって寝返りをうちました。

足音は、ザラザラとむかでのように尾をひきながら、階段をのぼり、便所の前を通りすぎて、こちらに近づいてくる様子。「畜生、」といらいらしながらぼくは考えていました。「またあの人殺しの保険屋め、スリか強盗をつれこみやがったな！」しかし、足音はさらに進んで、8号室の前に来たようなので、「糞《くそ》、」とぼくは思いました。「あの足まがりのパンパンめ、一度に五人もお客をくわえやがったのかな？」だが足音は8号室も通りこしてしまいました。「するど、」とぼくは考えました。「9号室かな。あのくたばりぞこないの運転手が、自動車強盗に殺されたとでもいうのだろうか？」

しかし、足音は9号室も通りこしてしまい、もしその足音が突当りの壁の中にはいりこむというのでもなければ、残る10号室、すなわちぼくの部屋にくる以外にないと思いついた瞬間、鼠捕《ねずみと》りのバネのように寝床の上にはね上り、あやうく頭を枕《まくら》の上に置き忘れそうになりました。「こんな夜更《よふ》けに、誰が、どんな用事があるというのだろう？　ぼくは潔白だ。いわれのないことだ。全く見当もつかない。」

夜光塗料をかけた目覚し時計が、枕元で、三時二十分をさしていました。めくれ上ったシャツの裾《すそ》をおろし、ほうり出してあったズボンを手さぐりでたぐりよせて、ぼくは身構えました。足音の列はぼくの部屋の前で、ゆるやかに停止しました。一瞬断《だん》崖《がい》の底をのぞきこんだような沈黙があり、息を殺して耳をそばだてると、虫の音が腹立たしいほどやかましく、颱風《たいふう》をひかえてよどんだ空気に、鼓膜が厚くはれあがったようでした。

はじめ、ガリガリと引搔《ひっか》くような音、つづいてはっきり、静かにではあるが力のこもったノックの音がしました。それに答えるように、ゴップゴップとぼくの心臓が、同じくらいの大きさで鳴りました。低い話し声、それから一寸《ちょっと》間をおいて、前よりもやや高めのノック。「誰？」と胃袋と肝臓のあたりで言い、しかし声にはならず、ねばっこい唾液《だえき》が舌の附根《つけね》にふき出しました。ノックの音は更に高まり、なにやら騒然とした気配。「誰？」と今度は声にしたつもり。しかしその声は、口からではなく、耳から出たように思われました。

「Kさん、」いんぎんな、中年の男の声が、間違いなくぼくの名をよび、「夜分おそくなって申訳ありませんが……。」と耳から出たはずのぼくの声に答えました。つづけて、いかにも若々しい婦人の声で、「夜分おそくなって……。」それらの家庭的とも言うべき声の調子は、たちまちぼくを現実に引戻し、あらぬ不安を太陽にあった霧のようにあっけなく消しさってしまいました。それから、靴の裏で床をこすって、いかにも恐縮したらしい、いくつもの足音。

心理的な時刻の効果に苦笑しながら、ズボンをはいて電燈《でんとう》をつけました。どういうわけかバンドが見つからないので、ズボンを両手で引上げるようにしながら、ためらわずに、というよりはほとんど積極的にドアを開けて未知の訪問客を迎えました。電燈の光がぼくを勇気づけ、好奇心がぼくをすっかり善人にしていました。

正面に、黒い礼服をつけ、蝶《ちょう》ネクタイをしめた紳士と、その夫人らしいひらひらした衣裳《いしょう》の淑女とが、にこやかに笑って立っていました。すぐそのわきに、杖《つえ》にすがって、何百歳ともしれぬ、くしゃくしゃの老婆《ろうば》が、よろめきながらも歯ぐきをむいて笑っていました。その後ろに、これはまたとっさには数えられぬほど沢山の子供たちが、たくましい二十前後を先頭に、産れたての赤坊をだいた少女まで、廊下いっぱいに立ちならび、申し合わせたように首を左右に傾《かし》げて微笑《ほほえ》んでいるのでした。

「お邪魔しましょう。」振向いて紳士が言い、ぼくはまだ何も言わないのに、一同うなずいて、どやどや入りこんで来ました。全部で合計九人でした。ぼくの部屋はたちまちいっぱいになってしまいました。

「せまいね。」と紳士が言い、「せまいわね。」と婦人が言いました。

「片づけましょう。」と布団《ふとん》に手をかけ、あわててぼくは言いました。

「いいよ、いいよ。」と老婆が杖でぼくの手をおさえて言いました。「私は疲れているから、すぐそこで寝かしてもらうよ。」

なんてあつかましい奴《やつ》だ、とぼくは呆《あき》れ、紳士のほうを振向くと、紳士はぼくの机の抽斗《ひきだし》を開け、何やら物色の最中でした。驚いて、その手をおさえ、「何をするんです。」激しく詰問《きつもん》するのに、「タバコを探しているんだが。」とまるで当然なことをしているような返事。「一体あなた方は、何をしに来たんです?」「何をって?」と紳士はかえって呆れたように眉《まゆ》をよせ、急にずうずうしい態度になって、「自分の家に来たのに、何をしに来たとは、どういう意味かね。君は、おかしな口のききかたをする。」

「とんでもない、ここはぼくの部屋だ、」愕然《がくぜん》として、ぼくも開きなおり、「酔っている様子もないが、あんまり馬鹿《ばか》々々しいじゃないですか。見知らぬ人間が夜ふけに突然やってきて、ここは自分の家だなどと言いだす。冗談もほどほどにしてもらいたいものだ。」

紳士は胸をそらし、下唇を突出し、ぼくを見下すように目を細めて言いました。

「ふん分らずやだな。全くこんな夜ふけに、分りきったことをとやかく議論されるのはやりきれない。迷惑するのはこっちだ。ここが私たちの部屋であるかないか、手っとりばやく分らせてあげようか。」それから紳士は一同を見廻《みまわ》し、「諸君、ここに私たちの住居を侵そうとするものが現われた。私たちの住居を守るために、われわれは会議をもたなければならない。議長を定《き》めたいと思うが司会に一任していただけますか？」

「一任！」と子供たちがいっせいに叫びました。

ほかの部屋のものが聞きつけて怒りはしないかと、ぼくは思わず肩をすくませました。「では、」と紳士が言いました。「私が議長をつとめます。ところで、議題は、この部屋がわれわれのものであるかないかという問題だが、どうかねえ？」

「むろん俺たちの部屋さ。」と肩をゆすって答えたのは、二十貫以上もあろうかと思われる、たくましい一番年かさの子供でした。

「馬鹿々々しいほど当り前のことだ。」とふてくされたように言ったのは同じく無頼の相をもつ二番目の子供でした。「異議なし！」と、すでに睡《ねむ》ってしまった老婆と赤坊を除いた残りのものが口をそろえて言いました。

「まず、ごらんのとおりだ。」と紳士がぼくに言いました。ぼくはすっかり腹を立て、「これは一体なんの真似《まね》です？　下らない。」すると紳士はきっとなり、「下らないだと。君は民主主義の原理である多数決を下らないと言うのか。」そして吐きだすように、「ファシストめ！」

「何んだって構わない。」とぼくも負けずにやり返していました。「とにかくここはぼくの部屋で、あなた方とは何んの関係もないのだから、さっさと引揚げてもらいましょう。さあ、早く出て行って下さい。気違いどもを相手にしたおかげで、とんだ目にあったよ！」

「ファシストめ。」と紳士が陰にこもった声で言いました。「こいつは、自分に都合が悪くなると、多数の声を踏みにじって、暴力に訴えようとするんだ。この老婆を、この可憐《かれん》な子供たちを、この夜空に追出そうという、悪魔のような奴。私たちの自由を守るために、私たちの取るべき手段は……、」すると紳士の長男がその後をつづけて言いました。「ヒューマニズムの陣営を武装することだ。」つづけて次男が、「暴力には正義の力をもって闘わなけりゃならない。」

突然紳士と、長男と、次男とが、ぼくのまわりをぐるっと取囲みました。「私は柔道五段で、警察学校の指導をしていたことがある。」と紳士が言いました。「おれは大学でレスリングの選手だったな。」と長男が言い、「おれはボクシングの選手だったっけ。」と次男が言いました。長男と次男が左右からぼくの腕をとり、紳士がぼくのみぞおちに大きな握りこぶしを突込みました。ズボンがずり落ち、その屈辱的な姿勢のまま、ぼくは気を失ってしまいました。

2

気がついたときはもう朝でした。

ぼくは折畳まれたようになって、机の下に押込まれていました。

闖入者《ちんにゅうしゃ》どもはまだ誰も目を覚ましていませんでした。部屋中に、ありったけの布団や衣類がしきひろげられ、その上に折重なっていびきをかいているのでした。窓に木の葉をもれた朝日がキラキラと泳ぎ、その下を豆腐売りのラッパがひびき、そうした現実の生活感情と、目《ま》のあたり結びついた闖入者たちのふてぶてしい存在は、あまりにも現実的で、ぼくは恐ろしくなってしまいました。

中央に紳士が、上衣《うわぎ》を脱いで腹にのせ、肘枕《ひじまくら》していびきをかいていました。その左側に、ぼくの蒲団《ふとん》を占領した老婆が、突出した下顎《したあご》を振子のように規則正しく左右に動かして睡っていました。そのわきに並んで、片手と片足を老婆の蒲団につっこむように、婦人が大の字になっていました。そのひらひらした衣裳は、白昼見ると、ひどく奇怪なものでした。オペラの、外国人（どこの国民から見ても）を代表する、特別な衣裳のようでした。緑の、ひだの多いドレスに、桃色の小片が、ところきらわずぶら下って、下手にはいだ魚のうろこのように見えるのでした。着物の裾が高くめくれて、それがいかにもわざとめくったように思われ、ひどく気になって困りました。紳士の右側に、紳士の腹に頭をつっこむようにして、次男と長男が、向い合せにいびきをかいていました。いびきのたびに、相手の髪がゆれました。紳士の足元に、「く」の字型になって、おさげに結った十七歳前後の少女が、赤坊をだいて寝ていました。少女は可愛《かわい》らしい顔をしていました。紳士の頭の上、すなわちぼくが押込まれた机のすぐ前に、鉢合わせになっていたずらざかりの男の子と女の子が、甚《はなは》だしく複雑な姿勢でうつぶせに寝ていました。男の子は、走っている夢でも見ているのでしょう、時折り電気にかかったように足首をふるわせ、女の子は、絶えず口をもぐもぐ動かして、これはよほどいやしい子にちがいありません。

ひとわたり見廻して、「夢ではないんだ。」心からそう思い、暗澹《あんたん》とした気持で机の下から這《は》い出すと、全身がペキペキ竹を折ったような音をたてました。その音に婦人が老婆の腰を足蹴《あしげ》にし、老婆は慌《あわ》てて寝返りを打ちましたが、幸い誰も眼を覚ましませんでした。

ぼくは、相変らずずり落ちようとするズボンをおさえながら、割箸《わりばし》の片方のように意気地なく細々と部屋の片隅につっ立っていましたが、ふと、「ここはぼくの部屋だ。こんな奴等の言いなりになって、腹が立つ。端から叩《たた》き起して追出すのが当然じゃないか。」当然すぎるほど当然な考えに突きあたり、だが同時に昨夜の暴力を想《おも》い出すと、やはり恐ろしくなって、「これは合法的に解決されなければいけない。誰だってこんな不正を、いや非常識な行為を、黙って許すことはあるまい。そのために社会の約束というものがあるのだ。」

静かに外に出る支度をしました。壁にかかっていた上衣を外すと、見つからなかったバンドはその下にかかっていました。上衣の袖《そで》をとおし、ついでに持物を点検すると、第一に財布がなくなっていました。ライターも、パイプも、タバコ入もなくなっていました。定期はありましたが、一緒にはさんでおいた外食券とS子（ぼくの恋人）の写真はなくなっていました。完全に残っているものと言えば壊れたシャープ・ペンシルと手帳だけでした。

唖然《あぜん》とはしたものの、極く自然なことのようにも思われ、とにかく外に出て、理にかなった外気を吸ってからゆっくり対策をねりなおそうと、壁ぎわの隙間《すきま》をぬって、全身爪先《つまさき》になったような足取で、ともかく玄関までは出ることができました。

ほっとしたのも束《つか》の間《ま》、やおら後ろから肩に手をかけるものがありました。可愛らしい顔をした少女でした。あたりをはばかるように、むすめは顔をよせ、乳臭い息をはきかけながら、「忠告するけど、みんなの起きる前にお茶を沸かして、出来ればご飯の支度をしといたほうがいいことよ。お兄さんたち、朝はいつもひどく御機嫌わるいの。気に入らないと、きっと会議を召集して、あなたを不利な立場におとしいれるわ。」

ああ、何をか言わんやである、ぼくは黙って靴を持ち、はこうとしましたが、思いなおして手にさげたまま、そっとドアを開けて外に出ました。追いかけるように少女が小声で囁《ささや》きました。「靴と洋服だけは、あなたに貸してあげるように、あなたがおやすみになった後、会議で決定したのよ。」閉めようとするドアを内からおさえ、さらに続けて、「私があなたにお話ししたこと、内緒よ。みんなに見つかったら、すごくしかられるわ。私、あなたに、同情してるの。好意よ。」少女は目だけで笑い、急いで奥に引返して行きました。

外に出て、まず考えたことは、この事件を誰に相談しようかということでした。そう考えると同時に、ぼくはこれまでの生活態度をひどく悔まねばならない羽目におちいりました。アパートの人たちと、もっと親しくしておけばよかったと、今更ながら悔まれるのでした。誰も、ぼくの相手になんかなってくれない。せいぜいが、物笑いの種になるくらいのところだ。

足音をしのばせ、便所の前までできて、やっと靴をはき、用を足し、洗面所で顔を濡《ぬ》らしてシャツの袖でふいてみると、幾らか気持もさっぱりして、「よし、管理人の小母《おば》さんに話してみよう。」と決心するほどの勇気も湧《わ》いてくるのでした。まったく、これは一つの決心と言うべきものでした。チンパンジーのお婆《ばあ》さんみたいな智恵《ちえ》のない顔をして、慾《よく》ばっかり人一倍ふかい、あのすれっからし、部屋代の催促こわさにどうやって顔を合わさずにすませるか、その思案の仮想敵としてしか想い浮べたことのないその相手に、こちらから進んで悩みを打明け味方になってもらおうとするのですから。

管理人の小母さんは、道路に面した窓に肘をつき、鳴りはじめたラジオ体操のリズムに合わせて鉈豆煙管《なたまめぎせる》をふかしながら、小さな三白眼を横目に、奥さん連がたまっている共同水道のほうをにらんでいました。ついで小母さんは、体は微動もさせず、目だけをぐるっと廻して、ぼくを冷たくにらみました。鉈豆が唇から離れ、その紫色をした薄い皺《しわ》だらけの唇の端が、微妙にふるえ、ぼくにはそれが、「部屋代、」という言葉を吐き出す準備運動のように思われました。機先を制せざるべからずと、ぼくは急いで近づき、我ながら出来損ったと思われる笑顔で頭を下げると、「小母さん、是非力になってもらいたいことがあるんだけど、」すると小母さんの唇のふるえがいっそう激しく、ぼくはうろたえ、勢いこんで、「昨夜、夜中に、おかしな奴らが……、」と一気に一部始終を話しおえると、小母さんはポンと煙管をたたいて目をそらしました。

「さあ、何を言っているんだか、私にゃさっぱり分りませんがね。」

「分らないことはないでしょう。要するに、10号室がぼくの部屋であるということを、小母さんが証明してくれさえすればいいんだよ。」

「誰の部屋だって、私にゃ一向構わないね。部屋代を払ってくれる人に借りてもらっているんで、それが誰であろうが、私はちっとも区別しませんよ。」

「しかし、部屋代を払うということは、それで部屋と一緒に居住の権利を借りているわけでしょう。だから、10号室の借り手は部屋代を払っているぼく自身で、ぼくと無関係な赤の他人が、勝手にはいりこんでくる権利なんか、もっているはずがない。」

「権利なんて、借り手のほうで勝手にすりゃいいんで、私の知ったことですかい。あっさり言ってしまうようだがね、私は人間に部屋を貸してるんじゃないよ。私はお金に借りてもらっているんだよ。そんなことより、」と小母さんの目がまたじろりと釣上り、「あんたの部屋は、まだお金が納っていないようだったが、どうすればお金が納るか、考えさしてもらいましょうかね。」

そうおいそれと行くとは思っていなかったが、こうまで素気なく扱われようとも思っていなかった、ぼくはすっかり気抜けして、外に出ようと中庭の石段につっ立ったまま、しばらく時の経《た》つのも忘れていました。

「お早よう、」ふと肩をたたいて、腕をつかむものがあり、「何やら策動している様子じゃないか。」ぼくの買ったばかりの歯ブラシをくわえて、口のまわりを真白にした闖入家族の次男坊でした。丁度そこを3号室の色っぽい未亡人が、七輪をおこすうちわをもって通りかかったのに、「お早よう、奥さん。」十年の知己のごとく歯ブラシをもった手を振ってよびかけ、ちらと意識的な流し目をぼくと次男坊の間にすべらして行き過ぎようとするのに、「おや、粉がかかっちゃった。ごめんなさい。」と追いすがって女の腕をとり、腰のあたりをはらってやるような手つきをしながら、ぼくを振返って、「君、親父《おやじ》が会議を召集しているぜ。早く行けよ。」

未亡人は以前から、ちょいちょいぼくに色目をつかったり、人気のない廊下の角などで、これ見よがしにスカートをまくって靴下のしわをのばしてみせたりして、だがぼくのほうではこれといった関心も示さず、また事実関心も持たなかったのですが、あの気にくわぬ次男坊に、こうして目の前でいやな光景を露骨に見せつけられると、むろん嫉妬《しっと》というようなものではなく、それがこれから次第にぼくの生活をくい破っていく敵の力の前兆のように思われて、ひどく不快な気持になるのでした。

黙って外に出ようとするぼくを、相手はさらに引き呼び止めて、「会議が始まるぜ。欠席すると不利になるんだぜ。行けよ。」それをはね返すように外に出てしまうと、これと言って当てもなかったのが、自分の動作の激しさに押され、日頃信用していなかった交番を尋ねてみようと、急に決心していました。というより、ほかにどこにも行くべき場所が思い当らなかったので、一番行きたくなかった所が行為の目標に残されるという結果になったのかもしれません。交番には若いのと年よったのと、二人の巡査が椅子《いす》にもたれて、退屈そうにタバコをふかしていました。ぼくが用件を話しはじめると、若いほうは意識的にそっぽを向き、想い出したように手帳をめくり何やら書込んだりしはじめ、年よったほうだけが、浮かぬ顔つきで、時折り聞いててやるぞと言わんばかりにうなずいたりしてくれました。「なるほど、」と年よった巡査が言いました。「そういう話に、われわれはもう飽々しているんだ。ごらんのとおり、いや、君たちには分らんかもしれないが、今ひどく忙しいのでね、またいつか暇なときに来てもらうことにしようじゃないか。」

「しかし、ぼくにしてみれば、もう一刻も猶予《ゆうよ》ならないことが、お分りじゃありませんか。なにしろ、財布はとられるし、部屋の中はしたいほうだい荒されて……、」

「定期は残っているんだろ。そんなら仕事に行くには差支えあるまい。それに、君のような場合、われわれとしては中々手を出しにくい立場にあるんだよ。第一、君は赤の他人がというが、そうした一方的申立は、そのまま信用してしまうわけには行かんのでね。その人達が、君とはよく知り合った仲だと言いだしたら、むろん今までの例からおして、そう主張することは分りきったことだが、それに対して君は何か相手の主張をくつがえすような証拠を持ち合わしているかね。」

「理性ですよ、常識ですよ。」

「駄目だ、そんなものじゃ役に立たん。われわれの間では、物的証拠しか通用せんのだ。ね君、こうした事件が、いかにあつかいにくいものであるか、見当がつくだろう。私見をのべさしてもらえば、私は、この種の事件には解決というものがありうるかどうかさえ、疑わしいと思っているのだ、ま、あまり神経質にならずに、うまくやって行くんだな。」

ぼくがまだ何か言おうとするのを、若いほうの巡査がいかにもじれったそうに、「君、うかうかしていると、君のほうが犯人になるぜ。」ぽんとタバコを投げ出し、受話機をつかむようなふりをしながら、体をねじって、ぼくを外に押出してしまいました。

ぼくはそのまま部屋に帰らず、少し時間は早すぎましたが、真直《まっす》ぐ会社に出掛けました。

3

昼休みに、ぼくはS子を食事にさそいました。ふと財布を持っていないことを想い出しました。ぼくは赤面し、S子は、「いいわよ、今日は月給日じゃないの。」と気軽になぐさめてくれました。いつもなら、ポンと手を打ってよろこぶぼくなのに、どうしてか却《かえ》って気が滅入《めい》ってくるのでした。所有ということの不確かさが、ぼくをすっかり懐疑的にしてしまっているのでした。

S子が、写真を新しいのと替えてあげようと言い、たしかに前の(闖入者どもに外食券といっしょに盗《と》られた分)よりはずっと可愛らしく撮れたのを差し出し、決して体から離さないなどと相手の精神年齢に相応《ふさわ》しい放言をしてしまっていた手前、すっかり困ってしまいました。事情を話そうかと、いくども強い誘惑にかられましたが、まだ自分でも事件の全体をつかめていないのに、彼女をいたずらな不安と混乱におとしいれるにすぎないと思いなおして、やめました。

空に吸上げられてゆくような孤独を感じ、尿道炎にかかったように時間の流れをギクシャクと感じ、意識の前後のつじつまが合わなくなって、仕事が少しもはかどらず、それが耐えがたい腹立ちに変って、会社が退《ひ》けるころには自棄《やけ》に近い生理的な闘志で顔が青黒くむくんだほどでした。帰って、闖入者どもと一戦を交えようと決心しました。

会社を出るとき、いつものように誘われることを期待して、というよりその気になっているS子の手に、ほとんど詳しい説明も与えず、月給袋を押しこみ、「君、今日これ持って帰って、あずかっておいて。明日、日曜日だったね、映画でも見に行こう、誘いに行くよ。」言いおわらないうちに、走るようにして離れ去り、気がついて振向くと、S子はピカソの肖像のような顔をして、つまり言葉では何んとも表現しがたい、無機的に分裂した表情で、ぼんやり立っていました。

アパートの中庭を一気に駈《か》けぬけ、階段に最初の一歩をかけたところで、「Kさん、」と女の声で呼び止めるものがあり、「あんたのとこのお客さん、面白い人。」ねっとり笑いをふくんだ未亡人でした。何かひどい言葉をかけてやろうと思いましたが、その悪口の方向が彼女と次男坊の両方に分裂し、とっさに出てこないので、我慢してやりました。

部屋では、一家車座になって、食事の最中でした。紳士が手の甲で唇をぬぐい、大《お》様《よう》な笑顔を見せて、「やあ、お帰りですか。今朝は食事もせずに、それどころか、」と今度は打って変った恐ろしい顔になり、「お茶の支度もせずに出掛けてしまい、私たちはひどく難儀した。あんなことをされては……、」すると婦人が驚いたように茶碗《ちゃわん》から口を離して、「あんなことをされては……、」その後をまた紳士が続けて、「全く困ってしまう。私たちで、手分けして、食器を買いこんだり、火を起したりしなければならなかった。それもこの不案内な土地で、したこともないような雑用をさせられるんだからやりきれない。これからは気をつけて下さい。もっとも、今日が給料日だったから、まあよかったものの、残り少ない君の貧弱な財布で道具をそろえ、もう一銭も残っていない始末。君にあんまり苦労をかけたくないから御忠告するんだが、今後は万事計画的に、こちらに相談の上行動してもらいたい。」

勢いこんで踏みこんだ鼻面《はなづら》を、軽く指先で撫《な》でられたよう。ぼくは急に、道々持ちきれないほど沢山用意してきた言葉をすっかり忘れてしまっていました。

「まあそんなところにぼんやり立っていないで、上ったらどうです。」末席を占めていた年上のむすめが、紳士の声に応じて座をずらし、振向いて軽く目だけで笑うので、ぼくはしぶしぶそのあたりにあぐらをかきました。

「そのまえに、」と長男が息をつく間もなく言いました。「食器を片づけて、お茶を入れてもらったほうがよくはないかね。」思わずぼくは立上り、急な坂をころげ落ちるような勢いで言いました。「馬鹿《ばか》なことを言うな。ぼくに、そんな義務はない。それどころか、君たちに出て行けという、権利をもっているはずだ。ぼくはもう、一歩もゆずらないつもりだから、そのつもりでいてほしい。さあ、出掛ける用意をしてくれよ。」

「出掛けるって、おれたちに何かそんな予定があったっけな？」次男がふざけた調子であたりを見廻《みまわ》し、一同大声で笑いはじめると、赤ン坊までがヘラヘラと笑い出すのに、ぼくはじんと涙腺《るいせん》に強い刺戟《しげき》を感じたほど、奇怪な狼狽《ろうばい》に慄《ふる》え、「この人、まだ私たちのような近代的生活感情に馴《な》れていないのよ。そんなに笑うのは残酷だわ。」とむすめが一同をなだめなかったら、ぼくはきっと発作をおこしたヒステリー患者のように暴れはじめていたに相違ないと思います。むすめの言葉は、ぼくの心情をぴたりと釘《くぎ》づけにしてしまいました。

「なるほど、」と紳士が言いました。「事は民主的に搬《はこ》んだほうがよさそうだね。Ｋ君はまだ民主的な生活態度に訓練されていない。面倒でも、一々会議を開いて、デモクラシーの雰囲気になじんでもらわなければ困る。では例によって議長をきめ、Ｋ君に食器を片づけ、お茶を入れる義務があるかどうか、決をとることにしよう。議長は？」子供たちがいっせいに、「司会一任！」「では、」と紳士、「私が議長をつとめさせてもらいます。さて、諸君におはかりいたしますが、Ｋ君にその義務ありや無しや、あると考えられる方は、御面倒でも、挙手によって意志表示をしていただきたい。」

言い終ると同時に一同、こんな分りきったことに疑いをもつなんて、なんて奴《やつ》だと言わんばかりにぼくをにらみつけ、風を切る勢いでいっせいに挙手。驚いたことは、ろくに物も言えない赤坊までが、ぶくぶくと短いその腕を、ためらうことなく挙げたことでした。

「さあ、これで決った。圧倒的多数だね。昔なら少数が多数を暴力で支配し、それに対抗するにも個人的暴力以外に無かったものだが、人間の智恵も進んだものさ。まったく合理的に多数の意志がとおる、しかもその方法が理論的かつ理性的だときている。実に人間的なありかたというべきだね。」もみ手して得意気にぼくを見る紳士に横から、「お父さん、タバコをくれよ。」と次男坊。「タバコだって？　お父さんがタバコ屋じゃないくらい、おまえだって知ってるはずだ。むやみな要求はされたくないもんだね。」

「ふざけないでくれよ、お父さん。最後のやつを吸ってから、もう三時間になるんだぜ。タバコが切れておれが癇癪《かんしゃく》をおこしたらどんなことになるか、みんなよく知っているはずじゃないか！」

「分ってるよ、ジロちゃん、」と長男が、「お互いさまのおどし文句はよして、出来ることを考えようじゃないか。お父さんのタバコを分けてもらうにしたところで、それは単なる一時的な解決にしかすぎない。お父さんも、性格とはいえ、今の発言は少し感情的すぎると思うな。それより、この機会を利用して、財政上の根本的解決を討論することにしようじゃないか。さっき、お父さんも暗示したことだが、今日は幸いにもK君の月給日だった。それをすぐ出してもらって、予算をたてることにしようよ。……K君、月給袋を出したまえ。」

あまりにも予想が的中しすぎました。全身の骨の周囲が電気を帯びたようにカッと熱くなり、「どんな根拠があって言っているのか知らないが、月給だなんて、こっちがもらいたいくらいだ。仮に、ぼくがもらっていたにしても、君たちに渡す気なんて毛頭ないがね。」

「馬鹿にこわごわ言うじゃないか、」と紳士、「やはり正直な人は嘘《うそ》をつけない。そして知的な人間はだまされることができない。君のいう後のほうの仮設が、本当のことであるくらい、見抜くまいとするほうが困難だよ。さあ、食器の後かたづけもあるし、ジロちゃんの血がニコチン不足で狂いかかっているし、後には予算の計上という重要な会議もひかえていることだから、急いで出してしまいなさい。」最後を少しすごんでみせ、「時は金なりで、ぐずぐずしていると、利子をはらわされるぜ。」

「ないものはない。」とぼくがつっ放すと、

「そうか、そういう気持なら、こちらにも考えがある。」ちらと二人の息子に目くばせして、「あるものを無いという、そんな具合に言葉を無責任に使うのは、やはり一種の暴力というべきじゃないかね。言葉は人間が社会的生活をする上、欠くべからざる共通の貴重な道具だ。それを勝手に、不当な使い方をする。ファッショ的暴行だ。こういう態度に対しては、われわれは一体どうすべきだろうか？」

二人の息子がすっと立って、ぼくの両側に並びました。「科学的に、その有無を実証する以外にない。」と長男が言い、「それさえ妨げようとするなら、実力をもって闘うしかないね。」と次男が言い、同時に両側からぼくの腕をつかみました。ふりほどこうとしましたが、その力は大へんなもので、とうていぼくの力などの及ぶところではありませんでした。どうせ持っていないのだから、勝手にしろと、逆に泡をふかせてやるつもりで、されるままにじっとしていることにしました。

紳士が驚くべく馴れた手つきで、ぼくの全身を探りまわし、定期入を取出して傍《そば》に立っていたむすめに渡すと、「おかしなことだ、」首を傾《かし》げて、二人の息子の顔を交互に見くらべました。

その間に婦人が素早く定期入をむすめの手から奪いとり、「おや！」と金切声をあげました。「いやらしい、いやらしい、またあの女の写真だ。いやらしい、私はもう嫌になった。」S子の写真を見つけたのでした。「何をするんだ！」とぼくが叫び、「お母さん、返してあげなさいよ。」とむすめが言い、「まあ、破くのはお待ち、お母さん。それは役に立つよ。裏にS子とサインしてあるね。昨夜お母さんが破いたのと同じ娘だろ。分った。このファシストのひよっこが、月給袋をどこにどう始末したか、おおよそ見当もつこうというものじゃないか。」そう言ったのは右腕をつかんでいる長男でした。

「成程K君、君のことだからどうせ片想《かたおも》いだろうと想像していたが、その娘とうまくやってるんだな。」紳士がそう言うと、婦人が、「うまく、まあ、うまくですって！いやらしい、いやらしいったらありはしない。」「まあそう言うなよ」と紳士、「K君もなかなか智恵《ちえ》を働かしたじゃないか、ね。」

「それでは一つ、この件は長年私立探偵社で鍛えた私に委《まか》せてもらおうか。」と長男が、ぼくの腕から手を離すと同時に母親の手から定期入をひったくるようにして言いました。その前に立ちはだかるように次男が、「お待ちよ、兄さん。別に兄さんを疑うわけじゃないが、問題が金銭である以上、単独行動はつつしむべきじゃないか。お互いに気まずい思いをしないですませるために、ぼくも一緒にお供すべきじゃないかね。」

「お申し出は有難いが、ジロちゃん、現実的に行動しようよ。われわれは分っているところに、線の引いてある地図をたよりに行くんじゃないんだぜ。未知の場所を探り当てようって言うんだぜ。これは一種の技術だ。こうしたことは単独行動に限るんだよ。」

「こいつに、」と次男坊がぼくを顎《あご》でしゃくって、「白状させたらいいじゃないか。」

「お父さんの催眠術でかい？　別にお父さんのテクニックを信用しないわけじゃないが……」と長男が皮肉な笑いを浮べるのに、紳士が鋭く、「おい、タロちゃん、その言い方はなんだい。」

「別に特別な言い方じゃないつもりですがね、」とすまして長男、「問題は、それほど手間をかけるに及ばないということですよ。それに、現実の問題として、家にはもう一銭の金もない。出掛けるにしてもこの定期だけが頼りだ。一人しか出掛けられないとすれば、私が一人で行く以外にないでしょう。」それから次男のほうを向きなおって、「そのうえ、考えてみるがいい、なんとか相手の家にたどりついたとして、それからどうする。相手は初心《うぶ》なむすめっこだぜ。ごまかそうとするなら一対一にかぎるじゃないか。」

「その点なら、」と勢いこんで次男、「ぼくの本領じゃないか。やっぱりぼくも行こう。改札をごまかすくらい、へいちゃらだぜ。兄さんに女の子の相手をさせるのは、なんとなく気の毒だからなあ。」

「何を言う、女の子をくどく本当の名人というものは、お前のように人目につくところで露骨にやらないものさ。さっき下の後家さんと、早速何かごそごそやっていたようだが、あんなやり方じゃ後の始末が大変だぜ。もしお前がその気なら、どっちになびくか取りっこして見ようか。」

「おいおい、」とじれったそうに二人の間に割込んで、紳士が、「お前たち、たいした経験もないのにいっぱしの口をきくじゃないか。おれなんぞ……、」と言いかけるのに、「いやらしい、とうとう始まった。」と婦人が泣声で首を振り、「お父さん！」とむすめが叫び、小さな男の子と女の子が顔を見合せてニヤニヤ笑い、老婆《ろうば》が歯のぬけた口を手のひらで覆《おお》って、シュッシュッと笑いました。

「ふん、」と紳士が言いました。「そういうことなら、タロちゃん、一人で行きなさい。信用することにしようじゃないか。タロちゃんさえ誠実を守ってくれれば、私たちはSというその娘に、今後指一本ふれないと約束してもいいよ。ね、ジロちゃん。」

「ああ、いいとも。おれは若いむすめにはあまり興味がないんだ。」と次男が言い、

「いやらしい。」と婦人が弱々しく咳《せ》き込みました。

「それじゃ、行くぜ。」と長男がぼくの顔を見てニッと笑いました。

ああ、ぼくの心は虫にくい荒された枯木のように、ぽろぽろと体から落ちて足もとにちらばってしまうのではないかと思われました。ふと情深そうにぼくを見詰めるむすめの視線を感じ、あわてて目をそらすと、出そびれた涙が鼻をつたって舌の奥をしめしました。

「ちょっ、早くたのむぜ。」と言いながら、次男も長男の後につづいて玄関に立ち、振向いて、誰に言うともなしに、「おれも一寸《ちょっと》出掛けてくるよ。下の後家さんと約束したわけじゃないんだが、いや、したとしても、そんなものを破るのはなんでもないんだが、タバコを一本、なんとかしてもらおうという、衛生的な目的でね。」

……………………………………………………

ポケットに手をつっこみ、ぼんやり暮れかけた窓を見ていると、ドラゴンの半熟卵の卵黄のような、恐ろしい月が隣の屋根に浮び出て、思わず、全く無意識のうちにぼくの足は玄関のほうに歩きはじめていました。

「どこに行く！」紳士の声に、はっとして振向くと、同時に軟くしめったものがピシャッと額にあたり、下の男の子と女の子が老婆の影にかくれてじたばた笑っていました。チューインガムでした。紳士がゆっくり近づきながら言いました。「君、ぼんやりしていないで、仕事にとりかかったらどうだ。息子たちが居なくなったからって、気を許すのは早いぜ。前にも言ったとおり、私は柔道五段で、警察学校の教官だったこともあるんだよ。さあ、てきぱきやって、お互いに楽しく生活しようじゃないか。」

「お父さん、」と横からのぞきこむようにしてむすめが言いました。「この人、こうした仕事にきっと経験がないのよ。それは別にこの人が悪いんじゃないんだわ。この人をこんな具合に育てた古い社会が悪いの。食器を洗うことなど、女の仕事だっていう、封建的な考えかたから抜けきれないのね、きっとそうだわ。最初だけ、私が指導してあげることにしましょうよ。」「馬鹿にK君の肩を持つようだね。」と陰のある調子で紳士が言い、それに強く抗《あらが》うようにむすめが言いました。「そうじゃないわ。食器を壊されたらかなわないじゃないの。それにデモクラシーはヒューマニズムでもあるのよ。強制はいけないわ。」

ぼくは自動人形のように、大きな食器籠《しょっきかご》を持たされ、むすめに附《つ》きそわれて、灰色の壁の間を、好奇心で針のようにちかちかする女房連の目に見守られながら、暗い共同水道に向って行進させられました。

心情的なものを除けば、仕事自体はなんでもないことでした。「案外上手じゃないの、」とむすめは言い、その他いろいろなことを言ってぼくを慰めようとする様子でしたが、ぼくは徹頭徹尾沈黙を守りました。心情的には、自分が存在することさえ、困難に思われました。

部屋に帰る途中、3号室の前で、異様な戦慄《せんりつ》を伴ったうめき声が聞え、ぼくは意地悪く、「下の兄さんだよ。」するとこんどはむすめの方が黙る番でした。

部屋では下の二人がほこりをあげて相撲をとっていました。婦人は壁にもたれ、めくれ上ったスカートから巨大な足をぽんと投げ出し、崩壊したように眠りこけていました。老婆は窓によりかかって、月を眺めながら変にニヤニヤ笑っていました。赤ン坊がその膝《ひざ》の上で火をつけたように泣き叫んでいました。紳士はぼくの机に向って、何やら悠然と読書のようでした。

「すんだかね。」と火の消えたタバコを唇からはがし、「それじゃ、今度はお茶をたのむよ。」「お茶なんてありませんよ。」とぶっきら棒に答えると、「ないとかあるとか聞いているんじゃない。いれてくれと要求しているんだ。そんな態度で共同生活が成立つと思っているのかね。」

「ないものは仕方がない。」

「手に入れる努力をすればいいじゃないか。福音書にも言っている、善をなすに倦《う》まざれ、もし撓《たゆ》まずば、時いたりて刈り取るべしとね。共同の福祉のために努力を惜しんじゃいけないな。キリストはまたこうも言っている、与うるは受くるよりも幸いなりとね。さあ、行って隣人にその幸いを授けて来たまえ。それとも君は、私たちにそれだけの信用がないという口実をもって、私たちに侮辱を与える気かね。」

ぼくが黙って外に出ようとすると、紳士は何を思いついたのか慌《あわ》てて後ろから呼び止め、「まあ、待ちなさい。君の素振りを見ていると、どうも不平満々の様子だね。

隠したってだめだ、君はわれわれのところから逃出すつもりだろう。ふん、そうは行かないさ、いいかね、それは不可能なんだよ。君はそこで火を起していなさい。お茶は、キク子、お前がどこかに行って借りといで。それが駄目だったら、そら、そこにある本を五、六冊持って行って、売ってくれればいい。」

4

もう十二時を廻《まわ》ったころでした、不確かな足取りで、長男が帰ってきました。明らかに相当酔っている様子でした。一同きっとなり、中でも次男坊などは今にも跳《おど》りかかりそうな勢いでにらみつけるのに、「軒の蛙《かえる》ゥと、空の鳥ィ……、」驚いたようにしゃっくりをして目を見張り、「ほう、何に感心してそんなにこわい目をしてるんだ。ふん、さては僻《ひが》んでやがるな。よせよせ。」

紳士が一歩進み出て、「おい、金はどうした。」「金、金だと?」「金だよ、まさか飲んだんじゃあるまいな。」「飲んだって、酒かい? 飲んだよ、見りゃ分るじゃないか。下らねえ。」「おい、飲んだじゃすまないぜ。分ってるだろうな。」「分らねえ、飲んで食ったとでも言わなきゃいけないのかい。うるさいなあ。」

次第に口論は白熱し、やがて次男坊も加わって、部屋中が殺気立ち、どちらが先に手を出したのか、ついに摑《つか》み合《あ》いの大乱闘になってしまいました。

下の部屋のものが箒《ほうき》の柄で天井を突き上げ、隣の部屋のものが拳《こぶし》で壁を打ち、しまいにアパート中が眠りから覚まされて、ワンワン蜂《はち》の巣のように怒りはじめたころ、闘士たちもやっと疲れをおぼえたかぐったり腕をたれ、ふと長男が大声で笑いながらぽいんと白い封筒を投出したのに、「何んだ、おまえ！」ひったくるように紳士が目をむいて、八千なにがしの札束を素早く数え封筒の数字と見較《みくら》べ、「おかしなやつだ、そうならそうと早く言えば、こんなにカロリーの無駄な消費をしなくても済んだのに！」

長男はなおも笑いつづけ、「全く、いい運動だった。こういう緊張感は、精神の薬になるね。それは一面おまえさんたちの智恵が足らんということさ、おれが自分の金で飲むと思ってるのかい。むすめっ子におごってもらったのさ。S子って、いい子だぜ、なあ、」とぼくを流し目に見て、「好きになったよ、明日、映画に連れて行ってやる約束をしちゃった。」

「いやらしい、いやらしい。」と婦人がすすり泣くように言いました。「もう私のことなんか、誰も構ってくれないんだよう。」

長男が冷えたお茶の残りを口に含んでごろっと横になると、一同やれやれという風にまた元の位置に戻って、それぞれ自分なりの長い吐息をはきました。紳士はぼくの月給袋をしっかり握っていましたが、どうやら腹に据えかねるふうでした。しかし、それよりも腹に据えかねているのはぼくでした。突然ぼくは激しい怒りの発作に襲われ、敢然と立って挑戦しました。だが、その結果は書く必要もありますまい。会議がもたれ、多数決によって、その金が彼らのものであることが確認され、おまけに次男坊の拳で右眼をいやというほど腫《は》らされただけのことでした。

「ファシストめ！」と紳士が苦々しげに言いました。「この男を馴《な》らすのは、犬に言葉を教えるよりも難しい。K君、君もわれわれのように、近代的な文化人の生活に早くなじむようにしたまえ。君の幸福のためだよ。私は、犬に言葉を教えこむ研究をしているのだが、」とひどく得意気に、「これが完成すれば社会法則に大変革がおきるね。詳しく話しても、君などには納得いくまいと思うが、言語の生理的発生を研究したパヴロフの仕事を基礎にして、犬の大脳に催眠術による特殊な影響を与え、言語中枢《ちゅうすう》を後天的に獲得させようというわけだ。どうだい、分らんだろう。私ばかりでない、私たち一家は皆それぞれ自分の仕事をもっている。どれも社会に役立つ立派な学問的な仕事だ。長男は実験的犯罪心理学を専攻している。次男は更年期における女性の性愛心理という特殊な研究をしているし、私の妻はそのよき被験物になっている。私の母は、今でこそ第一線から退いているものの、昔は男性心理の研究家であると同時に、デパートにおける売子の心理的盲点に関する研究の権威だった。その仕事の後を、今では幼いながら下の二人の弟妹《きょうだい》が受け継いでいる。妹のほうは、一寸毛色が変っていて、詩を書いている。近く、《人類愛》という詩集をだすはずだ。一番下の子は、まだろくに口もきけないというのに、訓練によって異議なしの挙手をするし、そのうえ犬に言葉を教えるための研究のよき実験材料になってくれている。近代的な文化家族の生活というものは、まあざっとこんなものだよ。どうだね、驚いただろう。これに加えて、君が私たちに協力するとなれば、単にわれわれの研究がはかどるばかりでなく、君も立派な文化人としての資格を獲得するわけだ。」

ふと気づくと、静かにすすり泣いているむすめを除いて、全部がぐっすり寝込んでしまっているのでした。「おお、どうした。」驚いてのぞきこむ父親に、「何かしら憂鬱《ゆううつ》なの。」額に落ちた髪を肩にはらって、少女の顔は蒼《あお》ざめて悲しげでした。「考えないことだ、疑わないことだ。」紳士はむっつりと言い、寝入っている家族たちを見廻《みまわ》すと、「寝よう、」そしてぼくのほうを向きなおり、「K君、私は民主的な原則に従って、決して君に強制しようとしてるのではないが、ただ一つの暗示として、聞いてもらいたいと思うのだ。この部屋は狭い。十人の人間が一夜をすごすのには面積も酸素も共に少なすぎるのではないかと思われる。しかるに、昼間私の調べたところでは、この屋根裏に誰も住んでいない物置がある。もしここに謙譲な精神がいてそれを知ったとしたら、彼一体どうするだろうね？」

……………………

一晩ぼくは蜘蛛《くも》の巣だらけの物置で、鼠《ねずみ》と闘いながら、まんじりともせず、恐怖に満ちた屈辱の不眠に、全身さかさくれだつ想いでした。ぼくは胸に復讐《ふくしゅう》を誓い、翌日からの行動の計画を次のように立ててみました。

一、長男が出掛る前にS子に会いに行くこと。（彼女は危険にさらされている。ぼくの立場を充分に説明し、ぼくの味方になって一緒に闘う決心をしてもらわなければならない。）

一、誰か良心的な弁護士を探すこと。

一、アパートの人々に対して訴えのビラを貼《は》ること。（以前、2号室の船員が、部屋代値上に反対するビラを貼ったとき、アパート中がそれに応《こた》えて結束した。）

……………………

一番電車の音が聞えました。そろそろ出掛けようと思っていると、便所に行くものがありました。屋根裏に通じる梯子《はしご》は、便所のすぐわきなので、出て行ってからにしようと待っているうちに、急に疲れがでて、いつの間にかぐっすり寝込んでしまいました。

5

物置の上《あ》げ蓋《ぶた》をコツコツ叩《たた》くものがあり、目を覚ましました。思いがけないところから、オレンジ色の光が差し込んで、すでに夜が明けていました。「早く、早く、」とうながす声に、よだれを拭《ふ》いて、蓋を開けると、長女のキク子でした。「会いに来たのよ。」と少女は言って、ぼくのすぐわきに腰を下ろしました。それから、「お腹《なか》がすいたでしょう。」と言ってバタを塗ったパンの耳をくれました。

「今何時？」

「もうお昼すぎよ。」

「しまった！」

立上りかけるぼくを、弱々しいはにかみの微笑を浮べながらおさえ、キク子が言いました。

「S子さんでしょう。もう遅いわ。」

「一体ぼくをどうしようって言うのだ！」

「人間関係の法則よ。原罪なんだわ。」

「盗人《ぬすっと》め！」

「あなたが気の毒だわ。」

「気違いめ！」

「誰のこと？　あの人たちのこと？　たしかに変な人たちだけど、気違いというほどじゃないと思うわ、お母さんを除けば。お母さんだけは本当の気違いなの。いやらしい、いやらしいって言いながら、いやらしい空想をするか、そうでなかったらお父さんの口真似《くちまね》をするか以外に、言葉というものを忘れてしまったようなの。」

ぼくは驚いてむすめの顔を見ました。「君はぼくの味方なの？」

「そうよ。私はあなたを愛してるわ。」ぼくはすぐさま前にたてた計画予定の第一項を、次のように変更することにしました。

——キク子を味方にし、敵の内部攪乱《かくらん》をはかること。

「じゃ、ぼくの計画を助けてくれるね。」

「むろんだわ、そのつもりで来たんですもの。」

「ぼくはこんな状態から逃出したい。君だってそうだろう。」

「そうよ、早く脱出しなければならないわ。」

「脱出、……君はいいことを言うね。そうだ、脱出だ。理性をおしまげられて生きて行くことはできない。」

「愛よ。理性じゃなくて、愛が問題なのよ。愛の力だけが生きて行けるんだわ。」

「いいよ、いいよ。理性のないところに愛はないからね。」

「あら、それはちがうのじゃないかしら。反対よ。愛の上にこそ理性も成立つのよ。」

「そうだね、ぼくが間違っていた。」と端的な素直さをよそおって、「とにかくぼくらは同じ考えの上に立っているのだから、今後あらゆる点で扶《たす》け合って行かなければならないと思う。ぼくは最初に君を見たときから、家族の人達とは一寸異《ちが》った人だと感じていた。詩人なんだってね。ほら、こうして見ると君は天使のようにきれいだよ。」

もし君があの家族から独立しているものなら、ぼくは君を好きになるかもしれない。」

「デモクラシーの社会では、人格はむろん独立したものよ。」

「そんなら一つ考えようよ。どうやってあの連中を追い出すか……」

「追い出すですって？　私たちが逃出すのよ。」

「そんな必要はない。なにも屈服する必要はないじゃないか。追い出せばいいんだ。あれは明らかにぼくの部屋だよ。それに、逃出すったって、この住宅難に、どこに行けばいいって言うんだ。」

「そういう意味じゃないわ。逃出すっていうのは、精神上の問題よ。すべてを耐える愛の道に向って逃出すの。」

「何だって！　それじゃ君は現状を認めてるの？」

「認めはしないわ。しかし変えることも出来ないと思うわ。カイゼルのものはカイゼルに、って言うわけなのよ。」

「そうか、君は結局、」ぼくは立上って、顔にかかった蜘蛛の巣を払い乍《なが》ら、「やはりぼくの敵なんだ。気の許せない、廻し者じゃないか。」

「そうおっしゃるだろうということは、私にも分っていた。」キク子も立上り、その髪の匂《にお》いがぼくの頬をかすめました。「これまでに幾度も、あなたのような方を愛したけど、一度も愛し返されたことはなかったわ。」

キク子の声はメランコリックで、肉体の内側からひびいてくるような真実が感じられるのでした。ぼくは動揺しました。しかしやはり動揺しつくすことはできませんでした。「幾度も……、」と思わず繰返して呟《つぶや》き、ふとその言葉の意味していることに気づくと、ぎょっとして問い返さないわけにはいきませんでした。「すると、ぼく以外にも、ぼくのように君たちの家族の手にかかったものが、幾人かいるわけだね。」むすめは目を伏せてうなずき、ぼくは更に語気を強めて、「その人たちは、その後どうなったの？」むすめは岩影を泳ぐ魚のような白い手を、ぼくの胸にのばし、その声は悲しげでまた何んと美しかったことでしょう。「……疲れて、みんな、お休みになりました。」「というと、死んだのだね。」ふと屋根裏の魔法がぼくの目を覆い、むすめを抱きよせて静かに接吻《せっぷん》すると、誰かの涙が顔と顔の間の隙間《すきま》をぬって流れました。

6

その夜、ぼくは闖入者《ちんにゅうしゃ》たちに強制され、便所のわきの上げ蓋を釘《くぎ》で封じ、新しくぼくの部屋の押入の天井に穴を開けて出入口をつくらされました。その結果、屋根裏の出入口も、部屋を通らなければならず、ぼくは完全に彼らの厳重な監視のもとにおかれることになりました。

屈辱の日が続きました。ぼくは奴隷《どれい》でした。会社への往復には、下の比類ない腕白弟妹が必ずつきそっているのでした。途中、交替に、時折どこかに駈出《かけだ》して、チューインガムとかキャラメルとか、時には時計だとか首飾りだとか、ひどい時にはネジ廻しから避妊薬《ひにんやく》といった具合に、おおよそ彼らの役に立ちそうにないものまで万引して来ました。食べ残しをぼくにくれることもありました。ぼくは餓《う》えているので、何んでももらって食べました。

S子は会社で会っても、会釈《えしやく》もしなくなりました。なんとか話しかけようと思っても、そんな具合に行くものかと思われるほど巧妙に避けるのでした。二週間ほどして、会社をよしてしまいました。ぼくはやはりS子を愛しつづけていました。

部屋に帰っても、常に誰かがぼくを見張っていました。少なくも気の変な婦人はほとんど部屋から出ませんでした。最初しばらくぼくに奇妙な媚態《びたい》を示したこともありますが、(彼女は誰にということもなく、常に、目に見えぬものに対してさえも媚態を示すようでした。)ぼくが相手にしないのに気づくと、急に態度が変って強い敵意を示しはじめました。むすめは相変らず、ぼくに好意を見せてくれましたが、二人だけで遇《あ》う機会もないので関係はそれ以上発展せず、仮に発展したとしても、一度の密会で分ったように、その好意には大きな限界がありました。

他の通中のことは御想像にまかせます。

ぼくが何故《なぜ》逃出そうとしなかったか？　キク子の言うように精神的にではなく、物質的な意味において何故逃出さなかったか？　ぼくはやはり闘う意志を捨てませんでしたし、希望も完全に失ってはいなかったのです。ぼくはチャンスをねらっていました。

ある日そのチャンスはやってきました。帰る途中の街角に、サーカスの小屋が建ったのです。見張りの腕白弟妹が、それを見たがってうずうずしているのをぼくは知っていました。ぼくは巧みにそそのかし、外で待っていてやるからと言って、二人を中に入れてしまいました。一回一時間半、その隙に、ぼくはかねがね見当をつけておいた法律事務所を訪ねました。馬鹿《ばか》に多人数の家族でした。いろんな大人や子供が交るがわるに姿を現わしてはまた消えました。最後に一番貧相な、疲れきった小男が現われ、それがここの主人でした。髪に蜘蛛の巣がからみついているのを注意すると、極度に狼狽《ろうばい》して頭をかきむしり、ぼくまでが何んだか不安になってしまいました。

ぼくが用件を話しはじめ、そろそろ内容が分りはじめると、弁護士は急に慌てて唇に指をあて、「小声で小声で、」と言いました。話している間中、彼は不安そうにキョロキョロ、話し終った時にはもう真青になっていました。「それだけですか。」と弁護士はかすれた声で言い、立上ってぼくの腕を取り、追い立てるようにしながら、「そのことでしたら、お気の毒ですが、御役に立つわけには参りません。私たちには貴方《あなた》を守る力がないのです。現に、」といっそう声を低め、「私からしてが闖入家族に襲われているんですからねえ。御覧になったでしょう、十三人もの家族です。貴方のように独身の場合ならともかく、私のような家族持ちは悲惨ですよ。女房は子供を連れて出て行ってしまうし、いや、彼らに追い出されたと言ったほうが正当でしょうね。その上使用人たちは全部馘《くび》になり、私は秘書から小間使いまで一人でしなけりゃならん始末です。一月の間に三十キロも瘠《や》せました。もう一月ほどで、きっと体重がなくなってしまうでしょう。」別れぎわにぼくは相手の手をにぎって言いました。「友達になりましょうよ。」しかし彼は悲しそうに首を振って、「いや、もういらっしゃらないで下さい。」

7

それはぼくの最後の努力でした。

帰ってくるごとに厳重な身体検査を受けるので、極めて困難なことでしたが、その隙をねらってあらゆる機会に集めた紙きれに、あらゆる機会を利用して次のようなビラを三十枚ほど書いたのです。

≪アパートの諸君、ならびに良心と理性をもったあらゆる市民諸君。これは奇怪な侵犯を受けた諸君の一友人の切なる訴えである。

私は不当にも未知なる一家族によって、突如住居を奪われ、全生活を支配されるに至った。私は一切の自由を失い、餓死寸前にある。しかも私は労働によって彼らを養わなければならないのだ。こうした不当なことを、彼らは多数決という美名にかくれ、家族の人数をたのみに、合法的に押しつけてくる。諸君、こうした非合理が許されるとしたならば、社会は破滅以外にたどる道がないではないか！　私一個の問題ではない。明日に待ち受けている諸君の運命である。私たちは団結してあの不当なる多数と闘わなければならない。とりわけ、部屋代の値上に反対して立ったアパートの諸君、より本質的な自由のために、もう一度団結しようではないか。諸君の団結は私を守ってくれる。そしてそれは同時に諸君を守ることでもあるのだ。

愚かにも無意味なる多数をして、真の多数に代らしめよ！》

問題は、誰が猫に鈴をつけるかということでした。ビラを貼る余裕は全くありませんでした。しかし、次の給料日もせまっており、ここで決定的な手を打たないと、また一月見込のない苦しみを味わわなければならないのだと思い、半ば捨て鉢になって、ある日、便所に行くふりをしてそこらの壁中べたべた貼りつけてやりました。

三枚も貼らぬうちに、「ふん」と鼻をならすものがあり、振向くと紳士と長男でした。「やってるな。」と二人は顔を見合わせ、薄笑いを浮べたきり、貼ったビラをはがそうとしないばかりか、仕事をつづけるのを止めようともしないので、ひどく不気味でした。ぼくは混乱し、たよりなくなって、十枚ほど貼ってよしてしまいました。「しばらく大人しくしていたと思ったら、やっぱりこれだ。ファシストの本性は恐ろしいもんですね。」と息子が父親に言い、紳士はうなずいて、「まあ、こっちにおいで。」引立てるようにぼくの腕をつかみました。「はがしてしまおうか。」と長男が言うのに、「いや、こらしめにその儘《まま》にしておいてやれ。徹底的な見せしめにしてやろう。」

必要以上に腕をねじ上げられ、部屋につれ戻されました。紳士はいかめしい顔つきで残りのビラを一同に見せ、苦々しい口調で事情を訴えました。どこかに出掛けようとしていた次男は身づくろいの手を休め、ぐいと胸をそらしてぼくをにらみましたが、何を思ったかすぐに表情をくずしてにやりと笑いました。キク子は胸をつかれたように、悲しげにぼくを見詰め、その目には非難の色が読めました。他のものはむろん無関心でした。

おもむろに紳士が言いました。「K君、当然君はあのビラに責任を持たなくてはならないね。第一、このアパートにはビラを貼るために一枚につき壁面使用料と汚損料共に百円という規定がある。君は十枚貼ったから千円。むろん私共は何の責任も持てない。更に、あのビラを貼るに当って、君は管理人の許可を得ただろうか？　無断、そうだろう。それに対しては罰金五百円。私たちはむろん管理人の立場を支持するさ。ということは、逆に、管理人は絶対に私たちを支持するということになるね。ところでこのアパートには、部屋代の滞納者が半数いる。一体君は、彼らが管理人に頭が上るとでも思っているのかい。残りの連中だって、そのほとんどの奥さん連が、私や息子たちのよき友以上のものだ。それを君は……。」

「いやらしい、いやらしい、」と突然婦人が絶え入るような声で泣きじゃくり、紳士の言葉が中断されました。その横でむすめが蒼ざめ、うなだれておりました。老婆《ろうば》がなぐさめ顔に、婦人の背中をさすってやりました。ぼくは黙って外に出て、折角貼ったビラをまたはがして歩きました。

エピローグ

風の吹く日、夜毎《よごと》、K君の住むアパートの屋根の隙間から、ビラが流れた。幾十枚、幾百枚、幾千枚となく、ビラは風に乗って街中に飛びちった。誰もそのビラがどこから飛んでくるのか知らなかった。しかし幾十、幾百、幾千の被害者たちがそれを読んだ。

闖入者たちはある日そのビラに対して奇妙な訴訟を起した。そのビラに危険なバクテリヤが附着しているというのだ。市の衛生局で検査した結果、たしかにある種のバクテリヤが認められた。良心的な弁護士が、その程度のバクテリヤなら、殺菌装置をしていない限りいかなる物品にもついているはずだと言明したにもかかわらず、黙殺されて、ビラ撒布《さんぷ》禁止法というのが発布された。併《しか》しその決定が発表される数日前に、すでにアパートの屋根はビラを吐き出すのをやめていた。脅迫と餓えに疲れはてて、K君はついに《休んだ》のだった。低いはりに首をつり、膝《ひざ》を折って。

(「新潮」昭和二十六年十一月号)

ノアの方舟《はこぶね》

ノア先生は偉い人でした。なぜかと言えば、いつも自分で、私は偉い人間だと言っていたくらいだし、それにあるとき、ぼくの友達が偉いというのはどういうことかと尋ねると、それはいろんな役を沢山もっているもののことだと先生は答えました。するとやはり先生は本当に偉かったのかもしれません。なにしろノア先生は、一人で村中の役という役全部についていたのです。ノア先生は第一に村長でした。第二に校長先生でした。第三に税務署長であり、第四に警察署長でした。それから裁判長であり、司祭長であり、病院長であり、ブドウ園の園長であり、その他臨時にいろんなものの長になるのでした。

だから先生の服装も、黒い卵を二つに割ったようなその帽子は裁判長のしるし、ぶよぶよの肉の塊《かたまり》がたれさがったような顔は園長のしるし、ごま塩まじりの長い眉毛《まゆげ》といかつい顎《あご》ひげは校長先生のしるし、なめくじのようにボッテリとした薄紫の唇は病院長のしるし、金モールのついた緑色の詰襟は司祭長のしるし、右から左にかけた大きな革の袋は税務署長のしるし、左から右にかけたピストルと黒の半長靴は警察署長のしるし、それから胸をかざった色とりどりの勲章とリボンはその他様々な長のしる

し、と言ったような具合に、それぞれの役をいっぺんに表わすようにできていました。

また先生は、沢山の役をもつ偉い人にふさわしく、十二色に塗り分けた自転車をもっていて、家から家へ、役から役へ、村中を縦横にかけめぐるのでした。先生の自転車は、まるで油にひたしておいたようによく油がきいており、まるで音がしないので、いつも全く突然、空から降ったように人々の前に現われるのでした。これは人々にとって恐怖のまとでした。なにしろ先生がどこかの家に現われれば、必ず税金をとり、一リットルのブドウ酒を飲み、もし先生の悪口を言っているのを耳にしたりすれば、すぐ裁判にまわして罰金をとるか死刑にするかし、教理問答をして答えを間違えばこれも裁判にまわし、さらに健康診断を強制して必ず何かの病気を発見し、変な丸薬を飲ませて治療費をとりたてて行くことに決っていたからです。

とくにその変な丸薬は危険な代物《しろもの》でした。そいつを飲むと、数分後には全身にプップツと赤い斑点が現われ、それから呼吸が苦しくなり、脈が一分間百五十にもなって、最後に意識がもうろうとして三、四日身動きもできず、そのうち一割は十日目に必ず死ぬ、いや死ななくとも一生不具におわるという代物なのです。私たちはそれが、カピタランという恐ろしい毒きのこを粉末にして固めたものだと、ほぼ見当をつけていましたが、なにしろ赤い斑点が現われるまで先生は立去ろうとせず、もし現われなかったりしようものなら、たちまち、裁判、罰金、死刑というコースですから、のがれようもないのです。ただ一つ、それをのがれる手段がありました。当然のことですが、特別料金なる、一種のワイロを使うことによって、多分粘土と思われる特別製剤なる無益無害の薬をもらうことです。とはいえ、その料金の特別が全く特別なので、なかなか払えるものがなく、時には生活苦から、進んでその普通薬のほうを所望して、先生をいたく感激させるものがあったほどでした。

それに対して先生の言い分はこうでした。

「人間というものは、ある程度どうしても死ななければならん。君たちも知っとるように、一定数の死が、宇宙の調和を保っているのだ。私はそれを調節しなければならない。沢山の役目をもった者は、そういう点にまで気をくばらなければいかんのだから、えらいこっちゃよ。分るかね？」

分らんと言えばすぐ裁判でした。

その言い分は、村の人にはそれだけで充分な説得力をもっているのでした。なぜなら、先生の説く教理に従えば、この言い分も全く合理的だったからです。

そのことを理解していただくためにも、またこれから先にお話しするつもりの方舟《はこぶね》事件を充分に納得していただくためにも、ここでノア先生の教理をお話ししておいたほうがよいのではないかと思われます。なにしろ、私たちが学校に入学した時、最初に聞かされるのがその教理で、それから一日一時間ずつ、三年間、繰返してその教理を聞かされつづけ、最後に卒業の訓話としてまた聞かされる、唯一無二の教養であるわけです。誇張ではなく、それが課業のすべてでした。先生は多くの役を兼任でしたから、学校はどうしても一日一時間以上開くわけにはいかず、従って他のことを教えるゆとりがあるわけはないのです。それほどの教理であれば、その理解なくして、村の生活は理解できないと言っても、決して過言ではないでしょう。

さいわいここに役場発行の、教科書用パンフレットがあります。短いものですからそのまま書きうつしてみます。

諸君！　学生ならびに村民諸君、偉人なるノアに守られてある至福なる諸君！　諸君は倖《しあわ》せである。なぜなら私がそう保証するからである。その諸君が何故《なぜ》に私を酔いどれなどと言うのか？　心外にして、意外、まことにけしからん話である。

ちょっとまあ聞きなさい。わけがあるんじゃ。私とて飲みたくて飲んでるんじゃない。あんなもの、たいした味じゃないではないか。私くらい沢山飲めば、もう飽きがくる。信じられないのは諸君のいやしさであると思え。

　さて、その理由というのは、第一に、当村の重要生産品であるブドウ酒の味を、たえず監督監視するのが私の責任ではなかろうか。しかり、そうである。私は医者であるからアルコール中毒の恐ろしさくらい百も承知、しかも職務遂行、まさに職に殉ずるの精神というべきではなかろうか。しかり、そうである。

　ところで、第二の理由だが、わが幼少のみぎり、未来の要職を果すべく訓練中のことであったが、やや度をすごしたと思われたころ、突如、私の前に神エホバが現われた次第なのである。そのとき、神は何やら仰《おお》せられたが、はっきりしなかった。後で考えてみると、「ノメ、ノメ」と仰言《おっしゃ》ったらしい。実にその後、一時に三リットル以上飲むごとにおいでになった。そして、量が増すごとに、お言葉もはっきりしてきた。有難いことだと、私はますます酒量をますべく努力した。ひとえに信仰のいたすところだわい。というわけで、私が諸君を訪れるとき、必ずブドウ酒一リットルを所望するという規則をつくったことを、有難く思え。

　さて、かような次第で私はすっかりエホバ様とねんごろになり、宇宙創造から人間の掟《おきて》にいたるまで、くまなく真理を授ったわけ、まあ聞きなさい、宇宙の法則とは次のごときものであるわい。信じざるものは死ね！

はじめに何ものもなし。むろん上下も左右もなかった。ところがあるとき、その虚無の中にふわりと二つの物体が浮び出たのである。それはエホバ様と、その親しき友にして対立物なるサタン様であった。

お二人とも物体である以上、特定の軌道にそって運動あそばしていたのかもしれぬが、なんせ非常に昔のことではあり、まだ測定器もなかったので、方程式に表わすというようなことはできない。

そのうちお二人とも、その単純な永久運動から解放されて、自分を自分で律し、自己を自己の所有者として確認したいとお考えになるようになった。そこで仲よく相談され、いかにすべきかを研究されたのじゃ。

もっとも最初はお二人の名前も、どっちがどっちだかはっきりしなかった。そこでまず、どちらがエホバでどちらがサタンになるかを、拳をうって決めた。こうして今のエホバ様がエホバ様になり、サタン様がサタン様になったというわけだ。

名前が決ると、次には空間にしめくくりをつけるため、上下を決めることにした。最初にサタン様が適当な方向を指さして仰言った。

「向うが上で、こっちが下ではどうだろう？」

「そりゃいかん。」とエホバ様が仰言った。「上と下とがそんなに無関係ではこまる。

上下というからには、頭と足、背と腹、口と肛門《こうもん》といった具合に、反対概念であるべきだ。」

「なぜであろうかな？」

「便利であろうよ。」

「便利とはいかなる観念かな？」

「便利とは、上下をそのように決めることであろうな。」

「なるほど、」とサタン様が仰言った。「そういうことなら、私の頭の向いているほうを上、足の向いているほうを下ということにしよう。」

「なるほど、」とエホバ様が仰言った。「そう言われてみると、私と君とは頭と足の位置が反対になっているね。君の規定に従えば、私の頭が下を向き、足が上を向いていることになる。いやな気持だ。」

「相対的なものであろう。妥協しなさい。」

「いいでしょう。では次にその基準になる目じるしをつくろうではないか。」

「いかにも。だが、どこから持ってくる？」

「さよう、上になるところに君の頭を切って置く。」

「下は君の頭か？」

「いや、上があれば下はなくても分る。」

「不公平な！」とサタン様は腹をお立てになった。「頭はおろか、爪《つめ》だってお断りじゃ！」

これがお二人の最初のいさかいであったが、立派な方達のことであるゆえ、すぐ仲なおりされた。そしてサタン様が次のような提案をなされた。

「エホバ君、労働しようではないか。われわれの周囲には無限のエネルギーがある。それは負質量の電子によって安定している要素的陽電荷だ。われわれはそれを破壊して、物質エネルギーを創《つく》りだそうではないか。いろいろな原子をつくり、分子をつくり、それを積上げて物質をつくろうではないか。」

エホバ様は手を打って賛意を示された。

「全く私も、それとそっくりなことを考えておったのだよ。」

そこでお二人は、すぐさま夫々《それぞれ》頭の向いている方角に、毎秒二百九十九億七千九百万センチメートルの速度で飛んでゆき、おおよそ四分ばかり飛んだところで、夫々お仕事をお始めになった。

一年目に、サタン様は摂氏六〇〇〇度、直径百三十九万六百キロメートルの巨大な燃える物質をおつくりになった。これがすなわち太陽である。

ところでその間エホバ様は、ただやたらにうろうろあたりを掻《か》きまわすだけで、結局何もおつくりにならなかった。

「どうしたわけだ！」とサタン様が驚かれると、エホバ様は平然として（諸君、この平然としてという言葉の意味を熟慮されたい！）答えられた。「思索を練っておりました。実はこの仕事、あまり単純なのでする気がしなくなった。それに、何も君と同じことをする必要はない。それどころか、そんなことではどちらが上だったか、まぎらわしくて困るだろう。そこで私は君の物質をちょっぴり分けてもらい、それに加工して特徴を与えることにした。」

「横着な！　そのほうがもっと楽で、君の性には合うまいに。」

「いや、充分頭を使っていたよ。そう腹を立てることはあるまい。私は君を不利におとし入れようなどとは毛頭考えていない。」

「と言うと、不利にもなりうることだというわけだな。」

しかしエホバ様はそれに答えず、勝手にサタン様のつくった太陽に手をかけると、力まかせにそれをゆすぶられた。すると小さな無数の火粉と共に、やや大きめな九つの物質が、あたり一面とびちった。エホバ様はあれこれとしばらく眺めておられたが、さて手前から二番目の物質を取上げて、まるで餅《もち》をさますような手つきでコロコロころがしながら、唇をとがらしてお吹きになった。それが地球であったというわけじゃ。

一方サタン様は腹が立ってならぬ、かと言って暴力は好まれぬ方であったので、癇《かん》癪《しゃく》まぎれにやたらあっちこっちと飛び歩き、ものすごく沢山の燃える物質を到《いた》るところにおつくりになった。これすなわち星くずというわけじゃ。

その間何万年か何億年かの時が経《た》つ。ふと想出《おもいだ》したようにエホバ様が大声でサタン様を呼ばわれた。

「サタン君、やっと出来たわ、下に降りてきて見よ！」

「下とはなんだ、」サタン様の声はまだ怒りにくろずんでいた。「下というのは方向のことではなかったか。それを君はまるで場所のように使っている。」

「さよう、そのことについても相談したい。君にも責任の一半はあるのだよ。君があんまり無茶に天体を製造したものだから、方向も相対性原理によって考えなおさなければならなくなってきた。当初の素朴な観念を実体化しようと思えば、われわれはこの地球を中心にして上下の観念をつくり変えたほうがよくはないかね？　つまり天と地にするのだ。」

「上は無駄になるのか？　私の仕事は無駄になるのか？」

「そういうわけのものではあるまいて。太陽あっての地球じゃないか。ま、ここに来て、君の太陽が生んだ地球の上を見てやってくれ。君も上下なんかにこだわらず、感動するに相違ないんだ。」

エホバ様の指が示すところに、サタン様が見たのは、小《ち》っぽけな二人の人間であった。何をしていいのか分らず、あくびばかりしておったらしいわい。それがアダムとイヴ、われらが祖先であったのじゃ。

「何にするんだ、こんなもの。」とサタン様は強い関心をおさえるように仰言った。

「初志貫徹したまでのこと。」とエホバ様は意味深げに、「物質の必然に従って己れをさぐり、己れを演ずる俳優たちをつくって見たまでさ。われわれの手を借りず、自らその必然に従って行動し変化して行く。どんなゲームよりも複雑で、決して見飽きるということはない。」

「ちっとも変化しないではないか。」

「まあ見てごろうじろ。この二人、まだ完成しておらぬ。足らないところがあるんだ。それが附加《つけくわ》わると、私共にはいよいよ面白い観物《みもの》になるのだが、人間共は悲惨と涙を知らされるだろう。私はその責任を引受けたくない。そこでその不足分を、自分で身につけさせ、自ら自己の責任を引受けさせてやることにした。私は二人にリンゴの木を見せ、これを食べてはならぬと命じておいた。そう言っておけば、むろん食うに相違あるまい。そうなれば、もう私の責任とは申せぬわけ、食ったおまえたちが悪いとつきはなすことも出来ようじゃないか。」

「智慧《ちえ》を出したな。」

「支配の原理さ。……しかし、サタン君、」とエホバ様は急に注意深く、しかし表面は何気なく仰言った。「私はこの観劇を独占しようとは思っていない。それどころか最初から、半分は君の権利だと考えていたくらいだ。しかし、先のこともあるのだし、面倒がおきぬよう、今から所有権を明確にしておくほうがよくはないかね。天と地と、君いずれをとるや？」

「天と地だって？」

「いかにも天と地。よもや天などということはあるまいね。誰だっていやだろう。少なくも私はいやだね。もっとも君が……、」

「いやだ。」

「そうだろう。それじゃ、地球の表面は、天に含めるということにしたら？」

「下が今度は無意味になる。むろん私は天を希望さ。」

「え？　それは本当ですかな？……いえ、結構、私はまだ全部を充分説明しつくしていなかったのだから、前言取消を認めないなどと意地悪は言わないつもりさ。さような卑怯《ひきよう》はいたすまい。まあ地の下にいかなるものがあるか、私の説明を聞いてから、ゆっくり天と比較して判断していただけばいい。……第一に密度の高い充満した物質。それから魚やみみずや昆虫の卵。それに様々な地上を支配する原動力。地下資源、水源、地熱、地圧。のみならず、地上のアダムとイヴも、人間の法則に従って、やがて死によって魂というものに変化する。この魂というやつが、そもそも地下の住人であるわけなのだ。人間は自ら増殖する能力をもっているが、結局は死ぬ。そして一方、魂はもう二度と変化しないので、永久の増加あるのみだ。地上の人間は、いわば魂になって地下に住むまでの、仮の姿だと言えないこともない。無限にひしめきあう、無限の魂のカットウ、こいつが観物でないだろうかね？」

「人間は本当に必ず死ぬだろうか？」

「むろんさ。複雑な蛋白質《たんぱくしつ》だ。君自身、しらべていただけば分ること。」

「分った。私は地下にしよう。」

さてその後は、われらが祖先の伝説の語るところにほぼ同じ。エホバ様は、エホバン国をうちたてて、われらが地上を支配なされた。アダムとイヴが罪に悩んでおろおろする様を見てたのしみ、アダムとイヴが交合する様を見てたのしみ、野獣の闘う光景にはらはらしながらも、そのスリルをたのしんでおられた。一方地下にもぐったサタン様は、アダムもイヴも一向に死にそうにないので、いらいらなされた。するとそれが地震になったというわけじゃ。

何十年かたち、カインとアベルが生れた。いよいよ地震がひどいので、エホバ様も気にしはじめた。そこでカインがアベルを殺す段に立ちいたった仕儀。

ところでアベルの魂はどうなったと思うね？

諸君！　学生ならびに村民諸君！　偉人ノアに守られてある至福なる諸君！　諸君は人間が死んだらCやCaやPや、その他様々な原素に分解してしまうことを知っている。だが、魂などという原素は御存じない。これは化学というものである。

「どうしたんだ！」とサタン様は怒って言われた。

「どうしたって、何事かね？」とぼけた声でエホバ様は言われた。

だまされた、と気づいた時はもう遅かった。地面はすっかりエホバ様が固めておしまいになったので、サタン様は出ようにも出られなかった。くやしくて、大声をあげて泣かれたそうじゃ。するとその涙が地からあふれて、エウフラテス河になったのだと。

涙の量が多くて、エウフラテスが氾濫《はんらん》しかけると、エホバ様はまた心配になった。そこでサタン様に向ってこう仰言った。

「魂というものは、理解しなければ、分らぬものだ。分ろうとしなければ、無いと同じだ。サタン君、アベルの魂が君のところに堕《お》ちて行ったと信じてごらん。さ、どうだ、あるのが分らないかね！」

サタン様は、いたずらに嘆くよりはと、エホバ様の言葉を試みてみた。すると本当にアベルの魂を見つけることができるような気がした。その時エホバ様がすかさず言った。

「いや、君のところに行った魂がまだ少ないから、分りにくいのだ。量が質に転化するという弁証法の原理に従って、もっと多くの魂が君のところに行きついたら、ずっとはっきり見えるようになるだろう。それどころか私の計算では、あと五千年もたたぬうち、ダンテと名乗る男などが、生きながら君のところを訪れるようにさえなるはずだ。」

この言葉はサタン様をすっかりなぐさめた。それでエウフラテスもしずまった。その間にも時は流れた。なんせ人間の時ははかないものじゃ。アダム、セツ、エノス、カイナン、マハラレル、ヤレド、エノク、メトセラ、レメクと代がかわった。

そしてこの偉大なるノアの時代が来たわけじゃ。

諸弟、諸妹よ、このようなわけで、今もエホバ様はわれわれの日々をたのしく眺めておられるし、サタン様は日々死んでゆくわれわれの数を数えてたのしんでおられるのだよ。ここにバランス、宇宙の調和というものがあるんじゃ。われわれは適当に死ななきゃならん。そして適当に苦しみ、適当に混乱しなきゃならん。エホバ様とサタン様がなんとか折れ合っているところで、エウフラテスも安泰、諸君も倖せというわけなんだ。

諸君、以上が宇宙のことわり、真理、原則と申すものなり。偉大なるノアの言葉に耳傾けて信ぜよ。しからざるものは死ぬべし！

　エホバン国の偉人にして村長、
　十二の職を兼ねそなえたる貴人、
ノア述す。

ノア先生がだいぶ老いぼれたころ、その自転車の前を、私の父が横切ったのに驚き、思わず手許《てもと》が狂ってころんだという事件があり、私の父は死刑になりました。同じころ、私の妹は、先生に強制的な健康診断をうけ、カピタランの粉でつくった薬を飲まされて、とうとう死んでしまいました。母は絶望のあまり、進んでその変な薬を求め、

希望どおりに死にました。私の兄は、すっかり腹を立て、教理問答に返事をするかわりに唾《つばき》をはいたので、これも死刑にされてしまいました。

その結果私は孤児になり、村から逃亡した者は永遠に追放になるばかりか、残った家族をみなごろしにするという恐ろしい村の法律を、もう少しも恐れる必要がなくなったので、ある夜エウフラテスを泳いで無事に村の外に逃出すことに成功しました。

元来この村は、完全に外部と絶ち切られておりました。村の外郭には高い城壁があって、先生の息子たちのハム、セム、ヤペテ等がそれぞれ手下をつれて要所要所を見張っておりましたし、交易等、外部と交渉の必要があるときは、その息子たちだけが城壁の外に出ることを許されているといった有様だったのです。だから、外に出た当時、何も彼も珍らしく、目新しく、夢中になって多くのことを知ろうとしました。村よりも悪いことから、良いことまで、ずっと進んだことから、ずっと遅れたことまで、かまわず一緒くたに嚙《か》み砕き、飲み込んでしまいました。そして、随分ながいことかかって、方々の国を訪ね歩き、やっと少しずつ合理的な物の考え方を身につけることができるようになりました。

十年の月日が流れました。

突然私は村に帰ってみようと想い立ちました。そう想い立つと、永年おさえていた懐《なつか》しさと憎しみが、せきを切ったようにあふれだし、一刻もしんぼうできなくなりました。それに、あの村は、全くの外来者は却《かえ》ってよろこんで迎え入れるしきたりなのです。労働力が不足しているためです。十年の月日に変形された私を、もう見憶《みおぼ》えているものはないでしょう。

案の定、村にはすぐ入れました。いや、これを案の定などと言うべきでしょうか。たやすく村に入れたことは事実です。しかしそれは村のしきたりのせいではありませんでした。

村の様子はまるで違っていました。第一、城壁はいたるところぼろぼろに壊れ、ノアの息子たちも、その手下の兵隊達も、どこにもその姿を見受けることはできませんでした。城門は開け放たれ、草に覆《おお》われて、ながい間そのままに放置されていたらしい様子です。

村の中も、すっかり変り果てておりました。見渡すかぎりの、あの見事なブドウ園も、ただうっそうとした雑草のしげみと化し、家々は穴だらけになって風雨にさらされ、その中は野鳥や鼠《ねずみ》の巣に使われているらしい気配でした。

廃墟《はいきょ》と化した無人の村の、草むらと化した道を、ぼんやり歩きつづけているうちに、視野の開けてきたところで、私はふと奇妙な建物を見つけました。思索の石とよばれ、以前ノア先生がエホバを祭ったり、一族の者で宴会を開いたりする、平たい石のある小高い丘のふもとに、踏みへらした木靴のような、大きな、建物がそびえているのです。私がいたころには無かったものです。

さらに近づいてみると、それが一種の船であることを発見して、いっそう驚いてしまいました。海から遠い、こんな奥地で、こんな大きな船を、いったいどうする気だったのでしょう？　高さが三十メートル近くもあり、長さが百メートル以上もありそうな、まるで捕鯨船みたいな船を、ノア先生がエウフラテスに浮ばせようと考えたとでもいうのでしょうか。それではまるで、エウフラテスをせき止めようとするようなものです。

接近するにつれて、その船が、建造途中で放棄され、その後打ち捨てられたまま、何年も経過したものであることがわかりました。私は、この船が、村の荒廃と深い関係があるにちがいないと想像しました。

ふと、丘の上の思索の石に、一人の老人がぼんやり腰を下ろしているのに気づきました。向うでも私に気づいて、妙にあわてて腰を浮かせましたが、またすぐ元の姿勢に戻り、何んだかおびえるような目つきで私をうかがっていました。私が笑顔を見せてあいさつすると、相手も幾らか安心したらしく、「旅の方だね、」などと言いながら、席を空けてくれました。

むろん私は、すでに相手の老人がノア先生であることを見抜いていました。服装こそ、よごれた農夫の上衣《うわぎ》を着て、もうピストルも半長靴も金モールもつけていませんでしたが、だらけ切った頰の肉の具合や、長い顎《あご》ひげや、重そうな下唇の色合なぞは、どうしても隠しきれない特徴でした。

「随分さびれた村ですねえ。」

「さよう、おろかな村民どもの仕業じゃよ。おろかな、おろかな、おろかもののめ。」

「あの船は、いったい何です？」なぐりつけてやりたくなるのをこらえながら、私は白っぱくれて尋ねました。

「あれが有名なノアの方舟《はこぶね》じゃ。あの有名な、……な、聞いたことがあるでしょうな。それを、あのおろかものめら、途中で捨てて行きおった。しかし、あれは仕上げねばならんのだ。仕上がらんという法はないんじゃい！」老人は急に肩の中に首をめりこませた妙な姿になり、ゴツゴツした太い指を宙につき立てて、何かを搔《か》きむしるような動作をしました。それから私をじろじろ眺めまわし、「旅の方、酒を持ち合わさんかね？」

持っていましたが、むろん私は首を横に振りました。

ノア先生は喉《のど》の奥をごくっと鳴らし、しばらく息をつめて、苦しそうに体をふるわしていましたが、急に全身がほどけたように、スーッと息をはき、その間に、次のような言葉を一気に吐出しました。

「サタン様がうたがわれたんじゃ。魂なんか無いんじゃなかろうかとな。やはりエホバ様にだまされたんじゃなかろうかとな。それでな、エホバ様がいくらなだめても、サタン様はもう泣き止《や》まないことに決めたんじゃ。泣いて泣いて泣きつくし、エウフラテスを氾濫さして、世界を大洪水におぼれさせることに決められたんじゃ。エホバ様が申された。サタン君、量の問題だよ。もう少し魂の数が多くなれば……。サタン様は申された。そうなればこそ、ことごとく溺死《できし》させてくれるわい。エホバ様もあきらめた。そういうことなら、サタン君、一寸《ちょっと》の間だけ待ってくれ。私のために、一つの家族だけを救う暇をくれ。人類の中でもっとも由緒《ゆいしょ》正しく、高貴で偉大なノアの家族が、君の涙に耐える方舟をつくるだけの間を。サタン様も了解なされた。ではノアが方舟をつくる間だけ待とう。……その方舟がまだ出来んのじゃ。サタン様は待ちくたびれただろう。エホバ様にも申しわけない。おろかものめ、世界の破滅じゃ。」

「しかしあなたの家族だけが救われたって、他の人間にとっては、やはり世界の破滅であることに変りないじゃありませんか？」

「いやいや、」と、私の意地悪い調子など一向にこたえぬらしく、急にせきこんで、

「あのおろかものめらも、みんな同じようなことを言いおったわい。いずれ死ぬ身ではないか。宇宙調和のために死ぬことに何んの不平がある。わしは方舟の中に、彼らの生活を跡づける数々の資料を入れる部屋をもうけてやった。彼らの存在はそれで、彼ら自身以上に後世に伝えられるはずじゃないか。それに、方舟をつくる仕事の間、わしは彼らにちゃんと食事を与えてやった。そうでなくても死ぬほど餓《う》えていた連中だ。何んのために不平を言うのやら、とんと分らぬ。」

「その食事の費用は、村民の税金から出したんでしょう。」

「むろんじゃよ。私は村長じゃったからな。」

「それじゃ、彼らは、自分で自分の食費を支払っていたのと同じじゃありませんか。」

「うん、うん、そうじゃ。しかし、そういうもんなんじゃよ。なに、いずれ洪水が来りゃ、死んでしまうのだから、そんなことはどうでもよかったんじゃ。それを奴《やつ》らはいやだと言いおった。おろかなやつらじゃ。なあ、虫けらじゃなあ。」

「ちっともエウフラテスは泣きそうにないな。」

「約束したからじゃ。方舟ができるまでとエホバ様に約束したからじゃ。方舟がもう見捨てられたとお知りになったら、おお、サタン様はどうなさるじゃろ。」

私はノア先生を見捨て、方舟を見捨て、そして村を永久に去ることにしました。今となって、私にねがえることはただ、この愚かなアル中患者に関する伝説が、せめて誤り伝えられぬことをねがうだけでした。

(「群像」昭和二十七年一月号)

プルートーのわな

ある倉の二階に、オルフォイスとオイリディケというねずみの夫婦が住んでいました。オルフォイスはねずみの世界では絶世の詩人として広く知れわたっていました。よく磨かれた宝石のようにするどく澄みわたったその叫びは、暗闇《くらやみ》を引裂いて光をまねき、ねずみたちの心をよろこびに美しく輝かせたばかりでなく、ねこの爪《つめ》を起すあの恐ろしい筋肉を麻痺《まひ》させ、ねこいらずの毒を中和させ、ねずみとり機のバネを延ばしてしまい、小麦の袋は、自ら高い香りを発散させてそのありかを知らせ、油の壺《つぼ》は重しをはねのけて蓋《ふた》を開け、卵は自らコロコロところがってねずみたちの巣を訪れ、板や土の壁ばかりでなくコンクリートや石の壁までがねずみたちの交通に便利なようにと、顔や胸のまん中に穴を開けて待っていたということです。

この評判は、考えてみると、オルフォイスが単なる詩人ではなく、現実のあらゆる隅々まで知りぬいた科学者であり哲学者であったことを意味しているのだろうと思われます。

また例えばこんな噂《うわさ》も伝わっています。大飢饉《だいききん》の年でした。ササの実のなる南の国を目指して大移動をすることになったとき、ねずみたちが一番恐れたのはセレーネという山ねこの住む沼のそばを通らねばならないことでした。セレーネは不思議な歌をうたってねずみを沼に誘いこむと伝えられていました。いよいよその沼に近づいた時、突然ねずみたちの間に激しい動揺がおこりました。

「セレーネが歌っている！」

苦しそうな囁《ささや》きが波のようにひろがり、身もだえしながらその場にうずくまり、動けなくなるもの、さては理性を失ってすすり泣きながら沼のほうへよろめいて行こうとするものさえ現われました。オルフォイスは驚いて耳をすませました。しかし彼の耳にはどんな歌も聞えないのでした。実際セレーネは歌ってなんかいなかったのです。オルフォイスはすぐにそれが沈黙の歌であることを理解しました。そして沈黙の歌ほど恐ろしいものはないことを知りました。オルフォイスはねずみたちの先頭に立って歌いはじめました。ながい闘いのあと、ついに彼の歌はセレーネにうちかち、ねずみたちは無事に目的地に辿《たど》りつくことができました。

自然オルフォイスはねずみたちの教師であり指導者でした。ねずみたちは彼に、王様になってくれと嘆願しましたが、彼は拒み、共和政治をしくことをすすめました。そこで彼はねずみ共和国の初代大統領にえらばれました。はじめにお話した倉が大統領官邸に採用され、それ以来そこが彼の住居になったわけです。住居だったばかりでなく、その倉はねずみの社会の議事堂であり、裁判所であり学校であり公民館でした。オルフォイスはそこで政治の事務をとり、壁争いやチーズの分け前についての裁判をし、学生を集めて詩作法からねこいらずの解毒法《げどくほう》にいたるまで教え、あるいは大音楽会を開いたりするのです。
そんなわけでしたから、自然ねずみたちの出入も多く始終ねこどもがうろうろと倉の周囲をうろついて、パリパリ壁を引っかいたり舌なめずりしたりしているのでした。しかしオルフォイスの知恵とねずみたちの共同した力とは、倉を難攻不落の要塞《ようさい》にしていました。

……………………

ある日のことです。不意に一人の人間がやってきて、倉の戸を開けたのです。ねずみたちはこんなことが起ろうとは、夢にも考えなかったので、ひどく狼狽《ろうばい》してしまいました。事実は単に春がきて、その倉の持主である農夫が耕作機の手入をしにきたというにすぎなかったのですが、人間の一日がねずみにはひと月以上にもあたるのです。何十年来の、いやほとんどありうべからざる事件に思われたのも無理はなかったのです。

ねずみたちは狼狽しました。そして案じていたとおり、男は戸を半開きにしたまま帰って行ったのです。倉はもはや難攻不落ではなくなりました。

老いぼれねこのプルートーがやってきたのはその夜のことでした。老いぼれてはいましたが、残忍で名の聞えたプルートーです。その名はねずみたちにとっては「死の王」という意味でした。

ねずみたちは一心に相談し意見をたたかわせました。「誰が鈴をつけに行くか？」というあの有名なイソップの寓話《ぐうわ》ができたのもこの時でした。オルフォイスはプルートーがいかに冷酷であり残忍であるかをこんこんと説き、どんな妥協もありえないことを強く主張しましたが、すっかりおびえたねずみたちは彼の気持を少しも理解しようとはしませんでした。もしねずみたち全部がその気になれば、いかにプルートーが恐ろしい爪をもっているにしても、必ず打ち破ることができたはずです。しかしねずみたちはただおびえるだけで、まるで闘う気力を見せないのでした。そして馬鹿《ばか》のようにいつまでも「誰が鈴をつけに行くか？」を繰返すのでした。

「困難が君達を強くするのを待つよりほかないのだろうか。」

オルフォイスは悲しそうに言って、一同の顔を見まわしました。しかし誰も返事をするものがないので、あきらめて言葉をつづけました。「むろん交渉の余地がないわけじゃない。それが君たち全部の意見だというのなら、やってみよう。」

オルフォイスは壁ごしに、よく透《とお》る美しい声で呼びかけました。「プルートー君、相談だが……」

「なんだ？」プルートーの太いダミ声が意外に近くして、ねずみたちは気が遠くなるほどふるえ上りました。

オルフォイスは言いました。

「もし君がこの倉の出入にさいして私たちの生命を保証すると約束してくれるなら、私たちは一日一ポンドの肉と半ポンドの油と、四匹のニシンを君にあげることを約束しよう。」

「なるほど、」とプルートーが言いました。「君は利口者だ。ニシンを六匹にしたらどうかね。」

「もし君がその約束を守るという証拠に、君の首に鈴をつけさしてくれればそうしよう。」とオルフォイスは答えました。

さて、オルフォイスが鈴をもって下りて行こうとすると、我に返ったねずみたちはいっせいに騒ぎはじめました。万一のことがあってはと言うのです。そのくせ、では誰が行くかということになると、やはり尻込《しりご》みして申出るものは一人もないのでした。

そのとき、「私が参りましょう。」

そう言ったのはオイリディケでした。オイリディケは夫の手から鈴を受取り、恐ろしく静まりかえった中を、静かに下りて行きました。チリチリと鈴の音が次第に遠のいて行き、やがて止りました。ねずみたちは息をこらして待っていました。

ところがいつまでたっても彼女は帰ってこないのです。

「行ってみよう。」そう言ったオルフォイスの声は不安げにふるえていました。だがオルフォイスは大胆にプルートーに近づいて行きました。

「妻を返してもらいたい。」

「ああ返すとも、」とプルートーはしきりに舌なめずりしながら言いました。

「どこにいるんだ。」

「いるところにいる。おれが知っている。」

「早く返してくれ。」

「返すよ。ただし、一つだけ条件を守ってもらいたいんだ。君の後をついて行かせるが、途中決して後を振向かないこと。振向いたら、奥さんはむろん、君の命も保証できん。」

「なんのためにそんな約束が必要なんだ？」

「なんだっていいじゃないか。君に必要なのは結果であって理由じゃないだろう。」

オルフォイスは黙ってプルートーに背を向けました。プルートーが言いました。

「さあ、美しいオイリディケさん、ダンナの後をついて行くがいい。」

オルフォイスはゆっくりみんなが待っている二階に歩を進めながら、本当にオイリディケがついてきているのかどうか不安になりました。まるで臭《にお》いがしないのです。ふと足をとめ、オイリディケ、と小声で呼んでみました。やはり返事はありません。だまされた！　そう気がついて思わず振向いたのと、プルートーの鋭い爪と牙《きば》が彼の全身を引裂いてしまったのとはほとんど同時でした。

「おれが悪いんじゃない。約束を破ったオルフォイスが悪いのさ。」プルートーはよく光る冷たい目で二階を見上げ、思いきり大きなアクビをすると、長い尻尾《しっぽ》をぴんとつっ立てたまま、水を飲みに外に出て行きました。

（「現在」昭和二十七年六月）

水中都市

断わっておくが、おれは自分で自分がそう好きなわけじゃない。それどころか、いやでいやでたまらないくらいなんだ。第一おれは、自分をそう信用してもいない。シヨウチュウを飲む人間なんて、原則的に信用すべきでないとさえ思っている。ショウチュウを飲みすぎると、人間は必ず魚類に変化するんだ。現におれのおやじも、おれの見ている前で魚になった。

しかし、おれは、おれを精神病院に入れようとする意見には、絶対反対である。病院なんかに何ができるものか。やはり人間を魚に変える注射をするんだろう。(ちゃんと知ってるぞ！　その手にだけは乗るもんか。)おれはおれにもうそれほど執着していないのだから、魚になってまでおれであろうとは思わない。むしろ、なんとかして早くおれでなくなろうと努めているくらいだ。

だから、おれはこの水に沈んだ風景を眺めるのが大好きなのさ。そこには引裂かれた哀れな小市民、おれの姿がうつっている。ある本の、ある頁《ページ》に書いてあったように、分別はプロレタリアートへ、偏見はブルジョアジーへと……しかし病気は健康の鏡ではないのか。おれはその分裂の構造を、内側から徹底的に見極めることから始めたい。

水に沈んだその風景がおれの空虚さを埋めようとしているのか、おれがその風景の空虚さを埋めようとしているのか、……いずれにしても、魚にだけはなりたくない。むしろ、消えてなくなったほうがいい。

そこで、まず、間木のことから書きはじめるのが順序だろう。

間木はおれの同僚である。と言っても、同じ製薬会社につとめているというだけで、仕事は全く質のちがったものだ。おれの仕事は工場の片隅に仕切られた窓のない小部屋で、一日電気計算機を前にして坐《すわ》り、どこからともなく送られてくる無秩序な数字や数式を、無機的に訓練された指先で機械の中におしこみ、それをまたひきずり出してどこへともなく送り出すという、無意味な動作の連続であり、それに反して間木の仕事は、近代産業資本におけるヘルメスの竪琴《たてごと》ともいうべきポスターの製作なのだから、おれたちを結びつけたのは行きつけのノミ屋「どん」のスタンドだった。彼は髪を長くし、赤いネクタイをして、よく磨かれたシリンダーの内側のような度の強い眼鏡をしていたので、組合の大会などで見掛けたことがあるのをすぐ想出《おもいだ》した。彼のほうでも、彼の表現を借りれば酔っぱらった馬のようなおれに見憶《みおぼ》えがあって、思わず微笑を交わし、そこで友人になったというわけなのである。

ところで、おれたちの関係の、内的関聯性《かんれんせい》について説明すれば……同病相憐《あいあわれ》む、などという言葉は真赤な嘘《うそ》だと言わなければならない。まさに、同病相憎んだのである。おれたちは冷酷に、自分自身のように相手を憎みながら、憎しみのために、相手を求めた。これは恢癒《かいゆ》のための、一種の健康法だったと思う。おれたちは、互いに、相手を恥じていた。

ところでその日は、間木がおれを誘ったのだ。最初、「どん」のショウチュウが如《い》何《か》に安いかを論じ、お互いに納得しあって満足することから始めた。それから天気予報がいかに目茶苦茶であるかを話し、笠置《かさぎ》しづ子の新しいブギウギについて話し、組合があんな具合では今度の賃上闘争は失敗するにちがいないことを話し、それからパチンコの玉をにぎって自殺した男の心理について論じ、一杯目を飲みおえた。二杯目はいつものように恋愛論で始まった。間木は最近また失恋したと言い、半月ほどまえ、会社の新製品カナリヤ・クレームのヒット・ポスター「恋文よりも香り高くあなたの恋人の胸を打つ……」という名文句をデザインして、三パーセント昇給したのだが、ある日彼の恋人がカナリヤ・クレームのにおいを発散させているのに気づき、たちまち字義どおり恋の霧散するのを感じたというのだ。

「彼女が巨《おお》きなないめくじに見えた。」と彼は怒って言った。

それから相当酔いもまわってきたので、深い溜息《ためいき》をつき、ジャンヌ・ダークみたいな女性がいたらどんなにすばらしいだろうと話し合った。「ジャンヌ・ダークはきっとすばらしい美人にちがいない。」とおれが言うと、間木は反対して、「それほど美人だとは思わない。」と言った。そして体の一部分のようにいつも離さないボロボロのカルトンを開け、彼が想像して描いたというジャンヌ・ダークの肖像画を見せてくれた。

「なるほど、これはゼンマイだね。」とおれは少し困って言った。

「彼女の精神は機械のように解放されているんだ。」と間木は意味ありげに答えた。少々キザッぽいと思ったので、おれは返事をせずに横を向いた。

そのときちょうど二杯目を飲みおえたので、帰ろうと合図して見せると、間木はあわてて押しつけるようにおれの肩に手をおき、「もう一杯。」と言った。おれが両手の間でバットをもみくちゃにしながら、思わず声をたてて笑うと、彼は真面目《まじめ》な顔で、

「決心したんだ。」と言った。

「何を決心したんだ？」と尋ねると、

「本当の絵を画こうと思うんだ。」と恐ろしい声で答えた。

一寸《ちよつと》顔を見合わせ、妙な気持になった。

が言った。「会社でのおれの仕事、あれは一体なんだろう?」と今度はひどく不思議そうに間木

「おれの仕事だって妙なものさ。」とおれも不思議な気持になって答えた。

「その合理性が仕事自体によりも、資本のシステムの側におかれているからこんなことになるんだ。」と彼が言った。「資本が生物として完成するために、おれたちの現実は無機物の破片のようにばらばらにされてしまったんだ。最近現実を連続的に考えるのは間違いじゃないかと思い始めたよ。よく自分で自分に聞いてみる。君、どんな具合ですか?そして一心に返事を探すのだ。それからためしに答えてみる。退屈しているようです。ところがね、そう答えたとたんに、その退屈という言葉が石ころのような固い物質になって喉《のど》をふさぐんだ。そいつを手のひらに吐き出して、コロコロころがしたり、つまんだり、光にすかしてみたりする。変な気持がしてくるね。この言葉と現実との間には一体どんな関係があるんだろう?……おれは現実なんて何んにも知りゃしないんだ。限られた経験の中から拾い集めた限られた言葉を不器用につづり合わして、それを現実だと思いちがいしていただけなのさ。現実は不連続だ。そうだろう。」

「プランクの常数を発見しなければならないね。」ふと思いついて、「せめてその不連

続の法則を発見すればいい。」

それから偶然二人の言葉が一致した。

「それが革命の法則だ。」

ああ、なんという空虚なオシャレだろう。おれたちは、何かと言えば革命と言いたがる、哀れなポーズが好きなんだ。

おれたちは笑い、突然ゆううつになって、急激に酔いがまわりはじめるのを感じ、だからその後の会話はあまり明瞭《めいりょう》でない。憶えていることは、彼が「だからこそ絵を画くんだ、プランクの常数hを画くんだ。」と繰返していたことと、明日の日曜日は彼のところへ絵を見に行く約束をしたことと、それから彼が「どん」の娘さんに接吻《せっぷん》しようとして、あざができるほどつねり上げられ、悲しそうな悲鳴をあげたことくらいなものだった。

「どん」を出てからしばらくの間、腕を組み、わけの分らぬ歌を歌いながら、パチンコなどをしていたが、彼はいつものように何時《いつ》の間にか消えうせてしまったので、おれはせいせいしながら一人で電車に乗った。ひと睡《ねむ》りして目を覚ますとI駅。ほどよく酔もおさまって、非常にゆかいな気分だった。

もう大分遅い時刻なのに（たしか十一時ころ）、月末の土曜日なので、駅は郊外電車に乗替える人でひどく混雑していた。残業の帰りとみえる、腰弁にゴム底の草履をはき灰色の霧をかぶったような労働者もぽつぽつ見えたが、大部分は遊びくたびれ今日一日の失望を地図にして鼻のまわりに浮べたサラリーマン風の男女。狭くて長い陸橋は、時たましゃがみこんで胃袋の整理をしている男の周囲一メートル四方をのぞけば、ぎっしり人波に埋っていた。

…………………………

さて、こんな事情の中で、あの男に出遇《であ》ったのである。

間木の言葉を借りれば酔っぱらった馬であるおれは、首も手足も長く、よく言えばすらりとしているわけなのだが、悪く言えばただヒョロヒョロなだけで、実際にはそれほど背丈があるわけでもなく、ゆっくり流れる人波に埋って、前の人の首の隙間《すきま》に見える風景をちらちら眺めるだけだった。と、頭に赤いマフラーをした若い婦人が目にとまり、そのきびきびした後姿が間木の描いたゼンマイに似ているので、なんとかその人の肩にさわってみたいものだと、隙間を縫って出ようとしたとき、そこへいきなりその変な男が現われて邪魔をしたのである。

その男は不意に横から割込んできて、のろのろと歩き、まるで故意におれと赤いマフラーの距離をひき離そうとでもするようだった。すり切れた黒のソフトを耳まで下ろし、古ぼけた不格好な上衣《うわぎ》の襟を立て、腰のところで「く」の字に折れ、一分間約二二〇の震動数でふるえている狭い肩。「くそ、不連続のh野郎め！」心の中でののしると、急にその男がhという字に見えた。むろん意味のないことである。

しかし、非常にたのしい気分だったし、それに人波の中にはまだいくらでも娘たちがいて、美しいかもしれないと想像する分には一向に差支えない状態だったから、赤いマフラーと一緒にむろんhのことも、その場ではすぐに忘れてしまっていたようだ。

ところが、駅前の広場に出て、群衆が突然稀薄《きはく》になり、それぞれの暗闇《くらやみ》に消えようとするところで、男が再びおれの意識の中に飛込んで来た。

そのh野郎は突然「あっ！」と叫びながらおれを振向き、何かを指し示した。それは共産党の新聞売り。

たちまち五、六人が足をとめ、男はしばらくひどく狼狽《ろうばい》した様子でキョロキョロしていたが、急に群衆をかきわけて駅の方に駈《か》け戻り、間もなく驚いている駅員を三人ばかり引きつれてきた。

「けしからんではありませんか、けしからんではありませんか。」

そう言いながらますます震動のテンポを早め、駅員に何かをうながすのだが、駅員のほうでは何やら納得がいかず、困った顔つきできちんと一列に並び、男をぼんやり眺めるだけ。男はやにわに興奮して、子供が便所の中できばっているようにうめきながら、新聞売りを目掛けて突進して行った。

新聞売りは青黒い顔をした、労働者風の大男だった。片手にプラカードを持ち、片手に新聞の束を持って、「皆さん、独立と平和のための新聞を……、」突然腕にぶらさがった貧相な小男に驚き、微笑《ほほえ》み、了解を求めるようにあたりを見廻《みまわ》した。人々が集まってきた。駅員たちは驚いて構内に引上げそうにした。するとh野郎はあわててその一人に飛びかかり、秩序とか義務とかいう言葉をむつかしい漢語のサンドウィッチにして飲込んだり吐出したりする。それから、今度は新聞売りの胸に手をかけ、荷物でも押すように、力いっぱい押しはじめた。相手は少しずつ押されながら、強いて押し返そうとはせず、相変らず悲しそうな微笑を浮べたまま、周囲の人波を見廻した。

ふとおれは自分が居なくなったように感じて、目を閉じ、鼻の先にさわってみた。目を開けてみると、男はもう押すのをやめ、びっくりしたように新聞売りの顔を眺めているのだった。

急に新聞売りが動かなくなったのだ。やつは、さらに二、三度ためしてみたが、どうしても駄目だと分ると、突然声をあげて泣きはじめた。おれたちはちょっと笑った。それから実に厭《いや》な気分になった。

人々はぽつぽつ立去りはじめた。その顔はみんな鉛色をしていた。

おれは不安な気持で広場を横切り、「本日開店」と花輪で飾ったパチンコ屋を横目でにらみ、ポケットの中にはもう八十五円しかないのを想出しながら、赤ランプをつけた都電の終車が通りすぎるのを待って道を横切ったとたん、すぐ前の街燈《がいとう》の下にまたあの変な男の後姿がぽっと浮上り、馬鹿《ばか》らしくなって、そのまま完全に酔がさめてしまった。

男の通る道は、不思議におれの道順と一致していた。それで間もなく、人通りは絶え、おれたちは二人だけになった。やつはおれに気づき、不安になった様子。追跡されているのだと思ったに相違ない。おれは愉快になり、足を早めると、やつはあわてて道を曲った。ところがあいにく、それがまたおれの通る道だったのだ。ますますたのしくなり、道路の端を足音をしのばせ、いかにも追いはぎらしくよそおってやると、やつは完全に狼狽し、走るようにして横町に逃込む。全く笑い出したくなるではないか、その道こそおれのアパートに行き当る袋小路。いきなり荒々しく足音をたててやった。そして男がアパートの玄関に息を切って駈込んだところで追いついてやったのだ。やつは黒ずんだ唇をまるく輪にして突き出し、腰をかがめて哀願するようにおれを見上げたが、別に兇悪《きょうあく》な危害を加えそうな人相でないことを見てとると、急にまた振切って階段を駈上り、おれもすぐ続いて駈上り、……だが今度はおれの驚く番、男はおれの部屋の前に立ち、力いっぱいノックしはじめたのである。

「なんです？　ぼくの部屋ですよ。」

押しのけるついでに、何くわぬ顔でその腕をいやというほどねじり上げ、思いきり残酷な目つきでにらんでやるのに、なぜかいっこう平気で、いやそれどころか、たちまちそれまでの恐怖哀願の表情は消えうせ、肩いからせて田舎の校長先生みたいな顔になり、

「ああ、おまえだったのか。……私だよ、タロー、分るかい、お父さんだよ。」

おれは大脳が水ぶくれになり、つるんとして皺《しわ》が一本もなくなったような気がした。よく切れるナイフがほしい、そいつで自分の頭の中を掻《か》きまわす必要があると思った。やつは意地の悪い、ごうまんな微笑を浮べ、体を左右にゆすっておれの顔を眺めた。

むろんおれはそいつを父親と認める意志は毛頭ないので、素早くドアを開けて内側から鍵《かぎ》をかけた。すると男は大声でわめきはじめるのだ。

「いいとも、覚悟していたよ、私はちっとも驚かないさ。ちっとは世間を知ってるつ

もりだからね。私にだってやり方はあるよ。なんと言ったってここを動かない。おまえがそのつもりになるまで、何日だって、何週間だって、何カ月だって、ここに坐りこんでやるさ。」

その言葉が寝しずまったアパートの、うつろな天井や壁をつたって裏返しにひろがって行くと、急に目まいがして、指先からカチカチ計算機の音がひびいてくるように思い、あわててドアの鍵を外してやった。

やつは入ってくるなり至極平然と部屋の中を眺めまわし、それから当然のように一つしかないおれの椅子《いす》にあぐらをかいて坐った。

「タロー、おまえは私を疑っているのかい？」そう言いながら帽子の底からちびたタバコをつまみ出し、マッチをすって、「無理もない、おまえは幼いころから父親は亡《な》いものと教えられて育ってきたのだし、また現在、私が父親であることを証拠だてる具体的なものは何一つないのだからな。しかし、そうかと言って、私が父親でないことを証明するものだってありはしないんだ。そうと決まれば、いたずらに悩むより、信じたほうがいい。」

それから唐突な動作で右手の人差指を唾《つばき》でしめし、バンドの上からズボンの中に手を入れて、おもむろに何かをとり出すと、両手の親指の爪《つめ》の間で音をたててつぶした。

そして爪にはりついた赤黒い斑点《はんてん》を、同じように赤黒い舌の先できれいに舐《な》めてしまった。

仮にこの男が実際に父親であるとしても、とおれは考えた。承認する意志はない。もし父親でないとすれば、これは手のこんだ詐欺《さぎ》だ。いずれにしても不承認と決めるなら、追求などしてみても無駄だろう。完全なボイコット、一言も口をきかずに相手をくたびれさせるよりほか手はあるまい。へたに口をきいて、その言葉尻《ことばじり》を手がかりに、たぐりこまれたりしてはたまらないからな。父親？　全く言葉というやつは妙なものだよ。間木の言うとおり、言葉のつぎはぎが現実と同等の迫力をもったりする。常識というやつがプランク常数の存在を認めがたいので、現実の不連続を見極めることもできず、ただ苦痛になって、言葉の貼紙《はりがみ》をそのまま均等な現実そのものと認めてしまいたくなるのだ。もしおれがここで一言でも喋《しゃべ》れば、それだけこの男に譲歩したことになるにちがいない。とにかく交渉を、すなわち彼の存在をぼくの生活のシステムと連続の場で認めたことだ……沈黙、沈黙。

つらあてに、取っておきのピースに火をつけて、机をへだてた窓ぎわに腰を下ろし、天井のしみなどを眺めていると、やはりその沈黙作戦は正しかったらしく、やつは大分しょげこんでしまった。

「父帰る、という活動を見たことがあるかね。」と言った声はいかにも弱々しく、またしばらくして、「お父さんは悲しい生活をしてきた。長い旅、もう終ってもいいころだ。」その声はもうすっかり自信が無い。

ふいに空腹を感じた。いや、空腹でなくても、何かを食べる必要があるように思った。K子が持ってきてくれた罐詰《かんづめ》があったのを想出し、電気コンロに湯を沸して、朝の残りのコッペパンを食べた。

やつの消化管が猫のように不遠慮に鳴く。やつはびっくりして立上ったが、すぐにまた腰を下ろし、吸いつくようにおれの口もとを見詰め、おれの口に合わせて口を動かしはじめる。食い終るころになって、

「そうだ、食べなさい、食べなさい。」とまるでおれをなだめるように言った。

食事がすむと睡くなった。おれはそいつが存在していないかのように振舞うことに決めていたから、さっさと布団《ふとん》をしいて、もぐりこんだ。すると男があわてて言うのだ。

「あ、寝なさい、寝なさい。」笑いだしそうになったが、我慢した。

次第に腹が立ってきた。眠れない。やつはすでにぼくのシステムの中に入りこんできている、そう思った瞬間、「灯りを消そうかね?」ぎょっとして、とんでもない、

出かかった言葉をあやうく飲みこんだ。

十分ほどして男が言った。

「どうしてもお父さんを否定しようというのかね。」

また十分ほどして言った。

「おまえは随分無口だね。きっとお父さんに似て気が弱いんだね。」

今度は三十分ほど黙ってくれた。

目を閉じて、寝たふりをしていると、床がきしって、男が椅子から下りたのが分る。静かに近づいてくる気配。気味が悪くなって目を開けると、机の下に四つんばいになり、こちらに這《は》いよってこようとしていた。

「おや、寝つきが悪いんだね。」やつは狼狽の色も見せず、その怪しい姿勢のままおれをじっと見ていたが、急にせきこんで、「タローや、おまえは誤解してるんだ。私はただ哀《かな》しい旅路の果の幾時間かをお前のところですごそうとしたまでじゃないか。私は食べさしてもらおうとも、寝床を与えてもらおうとも思っていなかった。おまえがいくらすすめても、断乎《だんこ》として拒絶するつもりでさえいたんだよ。タローや、おまえは誤解している。地に満ちた不正がおまえを疑いぶかくしたんだね。ああ、正義というものはない。人間の代りに、胃袋だけの化物が手足をつけて歩きまわる世の中だ。

……しかしお父さんはそんな人間じゃない。義理人情をわきまえた人間だ。食わせろとか、布団をよこせとか、そんなことを言う気は始めからなかった。それどころか、おまえがすすめるのを断わるために、随分争いもする決心だったのさ。ところがおまえは何も言わない。無口だからね。いや、それで肩の重荷が下りたってわけさ。……そうなんだよ。」

喋りながら次第に後すざり、反対側の壁にぴったり貼りついてしまう。シャツをめくって腋《わき》の下をぽりぽりかきながら、首を傾《かし》げて、もし間木が見たら狂喜して皮膚病のポスターのモデルにするにちがいない格好。おれは急いでDDTの筒をとり、頭からふきかけてやった。やつは驚いて立上り、普通より一オクターブも高いくしゃみを二、三べんつづけ、ぐったりして言った。

「お父さんは、もうすぐ死ぬんだよ。」

……………………

どんな具合にして時間が経《た》ったのか見当がつかない。おれの部屋が秒速二十万キロの速さで空中を飛びまわったとでもいうのか。突然窓の外に太陽が輝いており、h野郎は壁ぎわで生乾きの洗濯物のようにごわごわとまるまって寝ている。考えてみるとおれはいま目を覚ましたようなのだが、するとやはり睡っていたのだろうか。

昨夜のことを想出《おもいだ》すために、男の頭をぼんやり眺めた。まん中だけがテラテラ光っている、そんな禿《は》げかたは梅毒性だと間木が言っていたのを想出した。そうだ、間木の絵を見に行くはずだったっけ。……ｈのある風景……ｈ野郎、昨夜とくらべると少しふとったようだ。栄養失調でむくんだのかな？……急いで出掛けちまえ。売って金になりそうなものは、隣のＫ子のところにあずけておくんだ。

Ｋ子は丁度起きたところで、独身の若い女の部屋の臭《にお》いは猛烈だ。思わず、

「君、カナリヤ・クレームを使ってるの？」

「アメリカ製よ。」

Ｋ子は軽蔑《けいべつ》した口調で答え、股《また》をひろげて美容体操をはじめた。しかしおれが布団を持込んだのを見ると、さっと顔を赧《あか》らめ、おそろしく狼狽したので、彼女が少しもゼンマイに似ていず、むしろキノコに似ていることをつくづく残念に思った。

しかしすぐに、その残念に思ったことを良心にとがめ、彼女を映画にさそう義務を感じたが、その瞬間、ノックもなしにドアが開いて、やつがぬっと首をつきだしたのだ。ほっとすると同時に、残念だと思い、それから急に腹が立って、「何しに来た！」危うく叫びそうになって、沈黙！　驚いているＫ子の腕を思いがけない親しさをこめ

てにぎり、「わけは後で話す。」

振返りざま男をつき飛ばして、おれも一緒に外に出た。

「タロー、朝めしにしないかい？」やつは哀れっぽい馴々《なれなれ》しさで言った。「なんでそんなに黙ってるのかね。無口にしても水臭いよ。いや、はにかんでいるんだな。」

部屋に帰ると、やつもついて来た。ネクタイをしめ、上着を着ている間、音がしないのが不思議なほどひどくふるえながら、すぐわきに立って喋りつづけた。

「何も気にすることはない、自然な気持でいればいいんだよ。自然というものはいいものだね。……おまえ、いまの娘は、なにかね、ああいう娘は、感じの強い性だよ。……私はね、もうすぐ死ぬ。満洲《まんしゅう》で巡査をしていたころは面白かった。それでも、おまえやお母さんのことは毎日一ぺん必ず想出したものさ。また戦争になりゃ、景気がよくなるんだがね。だけどもう寿命だよ。……おまえ、お父さんは妊娠《にんしん》したのかもしれないよ。ごらん。一晩でこんなに体がふくれてきた。男だって妊娠するって話を聞いたことがないかい。女は一生に幾度も妊娠するが、男はしても一度だけなんだとさ。なにを産むかって、おまえ、そいつは分らない。が、きっと死だ、死が産れるんだよ。そんなこともあるんじゃないかね。……あ、出掛けるんだね。行っといで、お父さんは、がらんとした部屋で留守番するのが大好きさ。私たちはうまく気が合うよ。」

I駅の前では、もう例の新聞売りが叫んでいた。「皆さん、平和と独立のための新聞を……」何日か、あるいは何週間かの後、留置場の冷たい壁にもたれて浮べるであろう彼の哀しげなあの微笑が、その大きく開けた口の中にはっきりと映り、おれは彼にあいさつできないことを非常に残念に思った。

そのときはじめて空がしめっぽく曇りはじめているのに気づき、思わず内ポケットに手を入れて外套《がいとう》の質札をたしかめてみた。

間木の家までは三十五分かかった。

間木はちょうど顔を洗いおわったところだった。妙に浮かぬ顔をしているので、聞いてみると、家主から一月以内に出てくれと言われたということ。

「ショウチュウを飲んで、歌を歌うからなんだ。それに、ここのおやじはね、教育家なもんだから、絵画きなんて強盗と同じだと思っているんだ。」

気の毒になって、ふと名案を思いつき、

「K子と結婚すればいい。部屋つきだよ。」

「君がしてくれよ。そして君の部屋を開けてくれればいいんだ。」

「研究してみよう。」おれは小さな声になって答えた。

「しかし、君も何んだかゆううつそうじゃないか、どうした？」

そこでおれは昨夜の出来事を、順を追って話しはじめた。それは外食券食堂に行く途中。共産党の新聞売りのところまで話すと彼はびっくりして、

「おや、その男なら知ってる。兵隊で一緒だった。浅草生れのくせに、すしの味もそばの味も分らんてやつなんだ。そのくせに詩人でね。詩はよかった。戦場で焚火《たきび》にあたりながら、手帳を出して、漬物になったお母さんという詩を読んだんだ。下士官までが泣きだした。それであいつはなぐられて、前歯を二本折っちゃった。しかし戦争が終ってからあいつは詩をやめて政治を始めたんだ。ちっとも未練がないらしい。それでいいんだね。」

「そうだろうね。」とおれもすっかり同感して言った。

「そうさ、」と彼が言った。「君みたいに何んでもない人間こそあわれなんだ。」

「お互いにそうだよ。」と答えると、急に何を話していたのか忘れてしまって、ぼんやり考えこんでしまった。

「それで、そいつが、どうしたんだい？」

うながされ、なぜかほっとしながら、

「いや、その変な男というのは、彼のことじゃないんだ。」ほこり臭いみそ汁をすすり、先をつづけた。話し終ると、

「なるほど、」と彼は当然のように、「本物のh野郎だ。君もいよいよレジスタンスだぞ。」

間木はしゃんと腰をのばし、最後の一本を有難そうに飲みほして、ザマ見ろと言わんばかりにおれを見おろした。同時におれも食べ終った。それから五円玉を爪ではじき、負けたほうがタバコを買う賭《かけ》をして、おれが負けた。

「さあ、それではおれの絵を見せてやろう。」間木が言って、おれは憤然と立上った。何か重大な事件が始まるような気持がした。

その絵は板にはった紙に、細かくペンで画いたもので、三枚一組になっていた。最初の絵を机の上に置いたとき、突然窓と小さな雲の割目と太陽の三点が一直線に結ばれ、絵の表面がナイフの刃のように光り、それからまたすぐ暗くなった。

「堤防から見たおれ達の工場の風景だ。」と間木が言った。しかしそれは水の中に沈んだ廃墟《はいきょ》のように見えた。壁はくずれてぼろぼろになり、割目が海草のように全体を覆《おお》っている。その割目から幾千という小さな手足のある魚が出入している。地面には鋼鉄でできた巨大な羊歯類《しだるい》が生いしげり、十メートルもありそうなゼンマイ（植物

の）の間を都電ほどもありそうな奇妙な魚が静かに泳いでいく。その魚の目からはぶよぶよした黒いゆりの花が咲き、空には融《と》けかかったゼラチンのような雲が淡く光り、そこから粘っこそうな光の滴《しずく》がしたたって、注意してみるとその雲がｈという字に見えた。

次の絵は、やはり同じく水に沈んだ工場、今度はその水が激しく動き、それは全部地面から空に向って沸立っているらしく思われた。壁はもうすっかり修復され、どの窓にもちゃんとガラスがはまっている。隅っこに、一つだけ開いた窓があり、そこから首のない男が半身をのり出している。彼はどこかに合図しようとしているのかもしれない、手に持った白い旗が、下から扇風機であおられたように上に向ってなびく。魚はもう居なくなった。その代りに、髪を天に向ってなびかせた何百という人間が、手足をまっすぐのばして水平に浮び、ぐるっと工場をとりまいているのだ。地面からは植物の代りに、枝葉のある貝殻が垂直に立ち、その一つ一つのてっぺんに、淡い光がともった。その間を、喙《くちばし》が全身の半分もある真黒な鴉《からす》が低く飛びまわり、大きく目を開けて、何かひどく不安げだ。全体として、折りたたまれたような感じがするのは、おそらく水自身のひだなのだろう。ところどころにそのひだが、ｈという形をつくっていた。

三枚目はまだ未完成のようである。やはり同じ工場の絵。空間を満たしているのは水ではなく、むろん空気でもなく、さらさらしたガラスの粉のよう。この絵では工場の建物がほとんど画面全体を占めているので、地面は全く見えない。工場は氷をつみ上げて造ったもののようだ。一部屋一部屋が一つの氷塊で、ずっと奥まで透きとおっている。各氷塊の間を鉄のはしごやガス管や、様々な機械が骨や血管のように通り、それぞれの中心に幾組かの男女がからみ合ったまま凍りついている。建物の背後に、ぼんやり貨車をのっけた引込線がうつり、巨大なクレーンがその傍《そば》に立って、じっとこちらをのぞきこんでいる。hという字はまだ現われていない、何が起ろうとしているのか、おれにはよく分らなかった。

おれはながい間その絵から目を離せなかった。しかし見ていたわけではない。見終ったということを間木に知らせ、感想をのべるのがいやだったのだ。気まずい不安な時間がつづいた。その時間は際限なくつづくようだった。

「どうだい？」と彼が言った。

「うん。」とおれは答えた。

彼は眉《まゆ》をひそめ、けわしい目つきでおれを見た。

「うん。」とおれはもう一度答えた。

間木は絵をしまい、苛立《いらだ》たしそうに机の上のものをあっちへやったりこっちへやったりしはじめ、おれは頭の後ろがしびれてくるようだった。

「詩的だね。」と思いきって言った。

「それは、」と間木は横を向いたまま答えた。「絵を悪く言うときに使う言葉だ。」

おれたちは横を向いたまま、黙ってタバコを吸いつづけ、すぐ二十本入のバットが空になった。何が悪いんでもない、とおれは考えた。どう言ってみたところで、あの絵を人に見せるたんびに、彼は不機嫌になって腹を立てるにちがいないんだから。

「出ようや。」と突然彼が言った。

おれはぐったり疲れ、そこが自分の部屋でないのをつくづく残念に思った。

途中おれたちはほとんど口をきかなかった。気がつくと、いつの間にか「どん」の前に来ていて、中から「出て行け！」と怒鳴る声がした。ぎょっとして逃出しそうになったが、中から四角な体に四角い顔をのっけた男が真赤になって飛出してきたので、おれたちのことではないことが分り安心した。

「いらっしゃい、」という代りに、「どん」の若い主人は、真青な顔で、「明るいうちから只飲《ただの》みしたうえに、刑事だなんて馬鹿《ばか》にしてやがる。」と言い、ついでにおれたちもにらむので、気がめいった。

それで、一杯飲みおわると、どうしてももう一杯飲みたくなった。しかし金がないのでそれ以上はやめた。

「どん」を出ると、間木はさっさと一人でどこかに行ってしまった。おれはしばらくぶらぶら暮れかかった街を歩き、それから干しうどんと卵二つとネギ二本を買い、気がつくと目の大きい緑色の手袋をはめた娘の顔を眺めながら、いつの間にか電車に乗ってた。

部屋に帰り、例の男が隅っこにころがっているのを見て、おれは馘《くび》になった夢をみたときのようにがっかりしてしまった。考えてみると、無意識のうちに、そいつが居なくなっているにちがいないと決めこんでいたようだ。甘い、甘い。それどころか、部屋中そいつの臭いでいっぱいじゃないか。消えてなくなれ、そう思ったとき、やつはむくり起上り、豚のような目でおれを見上げたが、すぐにまた音をたてて倒れ、留守の間にむくみがすっかりひどくなり、全身くびれめがほとんどなくなって、腸詰のようになっていた。

「おかえり。」と囁《ささや》くように言い、声帯まで水ぶくれしたのだろう、それっきり、おれがうどんを茹《ゆ》でている間じゅうやつは黙っていた。

食べはじめると、やつが言った。

「妊娠に決ったようだよ、おまえ、いやに早く大きくなる。しかし、どこから産れるのかねえ？　なんだか心配だ。ところで女のつわりは食慾《しょくよく》がないそうだけど、男はちがうのかな。それとも私の錯覚だろうか。食物の夢ばっかりみていたよ。」

むろんおれは黙っていた。

九時ごろ、K子の部屋に行ってみた。

「いやだわ。」とK子が言った。

おれが布団を持って帰ろうとすると、急にその顔いっぱいにわびしそうな小皺《こじわ》がより、それでもまた罐詰《かんづめ》を一つくれて、おれは研究しておくと言った間木との約束を想出して、むかむかした。

ちょっと部屋を開けていた間に、男はまた目立ってふくらみ、蛹《さなぎ》のようになって、ころがっていた。加速度的に膨脹《ぼうちょう》しているのだ。おれは男が粉みじんに破裂して、一面血と肉片になった光景をちらと想浮べ、生れてからまだ経験したことがないほどの腹立ちを感じながら、あわてて夜間診療所に電話した。医者は二時間たたなければ来ないと言った。

医者を待つあいだ、K子のところで遊ぼうかと考えたが、研究しなければならないのが大儀で、布団にもぐり、会社の図書室から借りたシャーロック・ホームズを読みはじめた。そばで、やつが、ドラム罐のように重々しく左右にゆれながら、ヤニのつまったパイプのようないびきをかいている。聞くまいとして熱中するのに、いっこう面白くなく、かえってこの私立探偵の露骨に反動的なパイプの吸いぶりが、やつのいびきを引立てるばかりで、どうにも我慢できたもんじゃない。

と、そのとき、びりびりと布地のさける音がして、ついに男が破裂してしまったのだ。いや、破裂したのは男ではなく、その着物だった。いずれ洗いざらしてもろくなっていたのだろう、見る影もなくひきちぎれ、一部は床に散乱し、一部は残っている微《かす》かな体の凹凸にひっかかって、やつはまるでバタ屋の籠《かご》から這出してきたジュゴンのようだった。

ジュゴンについては辞書にこう書いてある。游水類《ゆうすいるい》の海獣、体長およそ一丈内外に達す。面に僅少《きんしょう》の粗毛を生じ、頭は短かけれど明らかに胴と区別することを得。鼻孔は頭前に位し、口吻《こうふん》に厚き唇あり、胴は漸次尾となり、その末端は左右扁平《へんぺい》なる尾鰭《おびれ》をなす。後肢《こうし》は欠け前肢は短くして魚鰭のごとし。——おれはジュゴンという動物を見たことはない。しかしやつに余程似た動物であるにちがいないと思うのだ。

だがやつは何時《いつ》までもジュゴンのままではいなかった。驚きからさめる間もなく、プッと空気枕《くうきまくら》を踏みつぶしたような音をたて、やつ自身の袋が引裂けてしまった。やつはほとんど魚雷のような形になり、裂目は首のつけ根から鋭く縦に腰のへんまでとどいている。「ヴェー」とやつは老いぼれ猫のように鳴いた。するとその裂目からねばねばした透明な汁が流れ、ぺろっとむけて、中から灰白色の身が現われた。医者はまだ来ない、おれは狼狽《ろうばい》して、しかし予期したような血と肉片の散乱はおこらず、妊娠？　いや脱皮。古い皮が破れて、身ではなく、新しい皮をかぶった新しい動物が産れてきたのだ。その皮膚は、一面細かなうろこで覆われていた。

裂目はゆっくり前後にのびて行った。最後に、古い皮が腹面に向ってぱっと収縮し、(桃太郎羊羹《ようかん》というゴム風船につめた羊羹を御存じですか？　楊枝《ようじ》をさすとぱっと皮がむける、あの感じ）そして、やつの中味が、その後にしっとり濡《ぬ》れた肌を横たえていた。

それは魚だった。

平べったい、口の大きな魚。おれはこんな魚をまだ見たことがない。案外ありふれた魚なのかもしれないが、魚屋に並んでいるのはもっとはるかに小さいか、さもなければ切身になってしまっているので、比べようがないのだ。おれには恐ろしい動物に見えた。

魚は始め死んでいるようだった。しかし静かに目玉が廻転《かいてん》しはじめ、生きていることが分る。目玉は上に突出た骨にかくされてすごみのある半円形をしていた。はじめはどこともなく、ジグザグに見廻していたが、ふとおれをにらみ、そのままぴったり視線をおれの上に貼《は》りつけてしまった。それから「ズー」と鳴き、えらを動かした。ぱくりと口を開け、鋭い幾列もの歯が乳白色に光った。

突然そいつはゴム風船のように、軽々と床を離れて宙に浮んだ。それからまるで水の中にでも居るように、空気の中を泳ぎはじめたのだ。

やつは最初静かにすべるようにおれの周囲をまわってみた。次にはなはだ威嚇《いかく》的なアクロバチック飛行をして見せた。さっと舞上ると、天井からぱらぱらとほこりが降った。体を斜にして横すべりするときには、そのクリーム色のざらざらした腹でおれの鼻先をなでて通った。宙返りのときにまき起る風は、まともに向うと息がつまるほど。それから突然頭を下にして急降下、あっという間に服の切れ端もろとも、脱ぎ捨ててあったもとの皮膚を飲込んでしまい、突出した下顎《したあご》から小さな歯をのぞかせて、嘲笑《あざわら》うようにおれをにらんだ。

こいつは腹をすかしているのだ、おれはぞっとして、医者はまだ来ないのだろうか、誰でもいいから来てほしい。じりじりドアの方へにじりよって、たしか魚というやつは、ゆっくりした運動を識別できないはずだった。とにかく廊下に出て、誰にでもいい救いを求めようと、恐る恐るドアの把手《とって》に手をのばした。

ところがやつは魚のくせに、おれの意図を見抜いたらしい。軽く尾鰭を一ふり、ひらりとおれに飛びかかり、逆らいようのない力で襟首をかみ、一気に反対側まで引戻してしまった。

もしかするとこの魚は本当に父親であったのかもしれない。そんな考えがふと頭の中を横切り、横切ってしまえばいいものを、途中で足をとめ、それどころかでんとあぐらをかいてしまったのだ。父親……おれは魚を見た。やつもおれをにらんでいた。急に体がどこかずっと遠くにあるように感じ、たまらなく怖かった。

やつはキリキリと歯をかみ鳴らし、何かを喰い切るような動作を二、三度繰返し、それからじっとおれを見すえたまま、ぐるぐる頭上を旋回しはじめた。おれに食欲を感じているにちがいなかった。おれは自分がますます遠ざかり、どこかに消えて行くように感じ、これは気絶というものだろうと思った。

突然、窓枠がガラスと一緒にくだけ散る音。

ふと我に返り、魚が居なくなっているのだ。階段を上ってくる静かな靴音が聞えた。

医者？

ところがそれは医者ではなく、間木だった。おれは思わず夢中になって彼の手を握りしめた。彼はそうした感情の露出が嫌いなたちだったから、いまいましそうに眉をよせ、顎と肩で言った。

「ふん、ふん……」

おれはやはり彼の手を離すことができず、ふるえながら事件のあらましを説明した。――つまり、そんなわけで、おれは危く食い殺されそうになったんだよ。そこへ君がやってきた。君の足音を聞きつけてやつは窓から逃出した。

「ふん、」と間木は言った。大して驚いた様子でもないのだ。おれは彼の絵を想出《おもいだ》し、なんとなく後悔した。

「医者かと思ったんだ。」とおれは言った。

「同じことさ。」と彼が答えた。

「でも君が来るなんて、素晴らしい偶然だ。」

「大したことじゃない。」と彼が答えた。「おれは君に腹を立ててるんだからね。」

「知っていたんだな。」おれは彼の手を離しながら尋ねた。

「知るもんか。」と彼が答えた。

ふとおれは不安になった。「君は本当にここにいるのかい？」

彼は確かめるようにあたりを見廻《みまわ》し、それっきり黙ってしまった。

そのとき閉め忘れたままになっていたドアが開いて、K子が入ってきた。泡立っている髪をおさえ、まぶしそうに、

「まあ、間木さんだったのね。」窓を指さして、「喧嘩《けんか》？」

間木が笑ったのでついおれも笑った。K子も笑った。窓を見て、「寒い」と間木が言うと、「私の部屋へいらっしゃいよ、お茶をごちそうするわ。」とK子が言い、「丁度よかった、K子ちゃんを研究することになっていたんだ。」間木が言って、おれたちはK子の部屋に行った。

お茶を飲んでいると、突然K子が、

「あら、魚よ、見た？　ああいうのを一匹つかまえたら大したもんね。私ちょうど講習で魚の料理を習ってるとこよ。食慾だわ。」

立上って窓を指さし、はずんだ声でおれたちを見較《みくら》べていたが、不意に蒼《あお》ざめ、目をつり上げて、歯をきしらせながら気を失ってしまった。

「水っぽくなったな。」と間木が言った。

おれにもしっとり空気が濡れて来たのが感じられた。

「出掛けよう。」と言いながら、間木は窓を開けて外を見下ろし、おれもそばに立っ

て外を眺めた。すると何時の間にかあたりはすっかり水の中に沈んで、間木の絵とそっくりに変っているではないか。

彼は両手を水平にさしのべ、それからふわっと宙に浮び、おれを振向いてうなずく。おれも同じようにしてみた。宙に浮んでも、少しも不自然でないような気がする。

「行こう。」と彼が言った。

「どこへ？」とおれは尋ねた。

「三枚目の絵を仕上げなければならないんだ。」と彼が答えた。

間木が飛びはじめ、つづいておれも飛出した。飛びながら尋ねた。「途中でおっこちる心配はないだろうね？」答える代りに彼は言った。「心配だろうね。」

おれたちはぐんぐんスピードを増していった。「便利だな。」とおれはつい感心して言った。

「何と較べるつもりだ？」と怒ったように彼。「例えば電車なんかでもいい。」とおれ。

「君はもっと真面目《まじめ》になるべきだ。」何んと答えていいか分らないので、黙っていることにしたが、もう別に不愉快でもなかった。

気がつくと、飛んでいるのはおれたちばかりでなかった。やがて一人の男が近づいてきた。男は間木と並び、あいさつを交わした。それからおれを振向いて笑った。それはＩ駅の新聞売りだったから、おれもよろこんであいさつを返した。彼は間木と二こと三こと言葉を交わし、それからおれの傍に来て言った。「魚どもに嚙《か》み切られて首のなくなった人間が街にあふれています。」うながされて下を見ると、なるほど首のない人間が壁や塀にそって、うろうろ手さぐりで歩きまわっている。彼は言葉をつづけ、「魚をなくすためにはこの水をなくする必要があります。この汎濫《はんらん》がすべての根本的な原因です。われわれは完全な排水治水工事を政府に要求しましたが、政府は魚類の増殖を望んでいるので、われわれの要求に応じないのです。……これは署名用紙です。われわれの要求を支持して下さるなら、一つ署名ねがいたいのですが。」

「当然なことです。」そう言っておれはすぐサインした。彼は明るい微笑を浮べ、別な方角に飛去った。

その間に間木の姿を見失ってしまった。あてずっぽうに飛びはじめてみたが、たまらなく心細い。

しばらく行くと、首に念珠をかけた男から呼びとめられた。その男は馬のように大きな箱を背中にのせていた。

「いい水加減ですな。」

おれはよく分らないので、「そうですか。」と簡単に答えた。

「そうですとも。」と相手はいきごんで、「第一この水は完全に水の特性をそなえている。水らしい水だというところが、いいじゃないですか。」

「そうですか。」

「水というものはいいものですよ。」とその男は元気よく、「第一熱容量が大ですから、簡単な外界の条件では温度が変らない。第二に空気より比重が大ですから、人体に及ぼす重力の影響が少なく、従って脳の発達も促進されますな。第三にはうっとうしい風が吹かない。第四に水害もなければ旱魃《かんばつ》もない。また汗をかかないとか息をしないでいいとか、あげればきりのないことだが……、」

「火がもせなくて、タバコが吸えない。」

「だから禁煙になって体にいいし、火事の心配もないわけでしょう。それに、この水加減はどうです。舶来ですぜ。ジャズの粉で味つけしてあるから魚の育ちがいい。君、魚はお好きですか？」

「食べるのは好きですけれど、食べられるのは嫌いです。」

「おや、」とうれしそうに驚いて、「好きずきというものはあるもんですなあ。私のある友人など魚料理のことをスリラー料理と言いましてね、食うか食われるかというところにうまみがあるなどうそぶいていましたが、いや、いかもの食いの部類でしょうな。私なぞも、やはり食うだけのほうが好みでして、それ、ごらんのとおりのまじないをつけております。これを首にまいておりますと、決して魚に食われるおそれがない、魚よけとでも言いますか、私ども家伝の秘薬でこしらえましたアメリカ製の念珠でございます。たしかに、水というものは申分のない結構なものだが、ただ魚というやつが悩みの種でしてな。実は、」

男は言葉を切って、背中の箱から同じような念珠を五つ六つ取出し、うやうやしく押しいただいてから、

「……切角《せっかく》の家宝ではありますが、人類の不安を思うと落着きませんでな、この水加減を万人がたのしむようにしたいものだと、一念発起、こうして人々の間をまわり、普及につとめています。これさえあれば人生苦なし、一つあなたもいかがでしょう。このラクダ色のやつ、渋くてよくお似合ですぜ。ええ、安くしておきますよ。もうけ仕事じゃありませんからな。一つ三百円、二つで五百円、いかがで？……ええ、負けた、一つ二百五十円。命を買う値段ですぜ。たった二百五十円の命？　もう特攻隊の時代じゃありません、あんまり命を安く見積るのは民主的じゃありませんや。」

「もしぼくが本当にそれをほしいと思ったにしても、」とおれはていねいに言った。「まるでお金がないんですよ。遅配々々でその日食べるのがやっとなんだから……。」

「気をつけろよ、」相手は突然語調を変え、「そんなことを言って、飲む金はちゃんと持ってるんじゃないか。どんに行くところをお見掛けしたぜ。君のような男を、傾向が悪いというんだ。」

おや、どこかで見た顔？　ふと想出す。四角な顔と四角な胴体。「どん」で只飲みしたという刑事。

「いいとも。」そう答えてやると、相手はすっと向きを変え、「気をつけろよ。」ともう一度。

おれは構わず、体の向いている方へ真直《まっす》ぐ飛びつづけた。

二、三分も飛んだだろうか、突然うしろで山猿の吠《ほ》え声《ごえ》がして、さっきの念珠屋がおれを呼返しているのだ。おれはスピードを上げた。しかし、相手が救いを求めているのだと分ったので、振向いて待ってやることにした。念珠屋は狂ったように叫んだ。

「野良魚《のらうお》だ！」

おれは笑ってやった。「念珠があるじゃないか。」

「野良魚だ！」彼は必死になって叫んだ。

暗闇《くらやみ》に鋼鉄のうろこをきらめかせ、なるほど一匹の魚がまっしぐらにこちらに向けて突き進んで来る。平たい、その変な格好は、すぐ例の魚だと分った。

「親父《おやじ》だ。」ふとおれは呟《つぶや》き、念珠屋はそれを聞くといよいよ狼狽して、「君のお父さんだと。助けてくれ。うまくしつけてあるんだろうね。警察魚みたいに、訓練してあるんだろうね。たのむ、助けてくれ。」

「駄目だよ。」とおれは言った。「しつけるどころか、おれをねらってさえいるんだ。おれは逃げるよ。君は念珠があるじゃないか。」

「助けてくれ、野良魚だ。」

「ぼくは逃げるよ。」

おれたちは同時に逃げはじめた。飛び方は念珠屋のほうが熟練しているようだったが、箱の抵抗があるためだろう、ぐんぐん後れていく。間もなく恐ろしい叫び声、首のない胴体と、胴から離れた念珠とが、見る見る小さく暗い地面に吸込まれてゆくのが見えた。魚は消化のためにしばらく宙に止っていた。その隙《すき》に、おれはうまく逃げのびることができた。

しかし、今しがた体験した魚のあの恐ろしいスピード。いつまた不意の襲撃に出遇《であ》うかもしれず、どことも知れぬ暗闇がたまらなく不安になって、おれはもっと地面近く降りてみることにした。

やがて、ほのかな光が差込んだように、屋根々々の輪廓《りんかく》が見え、さらに這《は》いまわっている首のない男女の服地の柄までが見えるほど近づき、蝙蝠《こうもり》が見た風景、そんなことを思って、国道らしい広い通りにそって飛んでいると、いきなり間木の渋面がのぞきこみ、

「急ごう。」

あまり唐突だったので、はりつめた神経の配置がばりばりとくずれ、思いきりうらみがましく、

「例の魚に追跡されて、命からがらさ。」

「一杯飲んで考えてきた。」間木は皮肉に笑い、

「何を？」

「絵画における言語機能の問題だ。」

「命からがら、」とおれは繰返し、「今だって一刻の油断もならない。」

「君のお父さんのことなら、」と彼はのんびり、「もう心配ない。刑事殺害、浮浪罪で逮捕された。見たまえ、今裁判所にひかれてゆくところだ。」

国道を一団の人間と魚が、氷の箱につめられた例の魚を囲んで、すれちがうところだった。

「取りまいているのが警察魚だね。」

「そうだ、」と彼はうなずき、「二つの運命が君のお父さんを待っている。あらたに訓練を受けて警察魚になるか、死刑になって調理されるかだ。」

「たいして同情もできない。」とおれは言った。

「そうだろう。君も指名手配をうけている身なんだからな。」と彼が言った。「君は謀殺の嫌疑をかけられているんだ。父の野良魚を無登録で養い、訓練して刑事殺しに使った。検事は政治的な背景を強調している。」

「どうしてこんなことになったんだ！」驚いて、はげしく彼の腕をゆすぶり、「なぜ、こんな目に会うんだ。」

「君が現実を愛しているからさ。」不意に親しみをこめて彼は言った。

「どうすればいいんだ。どうなるんだろう。」

それには答えず、彼は左手の望楼を指さし、

「あの向うが堤防だ。急いで行こう。」

いつの間にか、おれたちは工場の塀にそって飛んでいるのだった。

工場の風景は、あのはじめの二枚の絵のどちらにも似ていた。見方によって、どちらの絵にも見えるのだ。これが毎日通っていたあの工場なんだろうか？　馬鹿《ばか》な……

いや、そうだ……たしかにそうだ。おれの生活はこのすべてを記憶している。二メートルもある鋼鉄のわらび、先端に灯のともった巻貝の林、ひだのよった空間、首のない男、天になびく旗。……じっと見詰めていると、風景は次第に透明になり、未完成だった三枚目の絵に近づいてくるようだ。しかし、そこにも留まらず、何かまったく別のことが始まろうとしているようにも見えた。

おれたちは冷たく枯れた堤防の草に並んで腰を下ろした。

間木がマッチをすってタバコをつけた。驚いて、

「水の中で、タバコが吸えるはずがないじゃないか。」

「吸えないさ、」と彼は言った。「吸えないけれど、吸うんだ。」

おれたちはまたながい間、次第に変っていく工場の風景を、黙って眺めつづけた。すると、その風景が変化するにつれて、おれ自身も変化していくような気がした。

「画けそうかい？」とおれが聞いた。

彼は黙ったまま答えなかった。

しかしおれももう返事を待ってはいなかった。おれはその風景を理解することに熱中しはじめているのだった。

この悲しみは、おれだけにしか分らない……。

(「文学界」昭和二十七年六月号)

鉄砲屋

1

ある、どんより曇った、六月の午後。

世界一周航路、カラバス丸で、第二クレーンが運転をはじめ、第三ハッチから上甲板に、鼠地《ねずみじ》に暗赤色の横縞《よこじま》をつけた小型ヘリコプター〝くまん蜂《ばち》〟号を搬《はこ》び上げた。

特別室の船客と、船長が、その光景をたのもしげに眺めていた。

「やはり、私の意見としましては、あと三時間、お待ちになるべきだと思いますな。」笑いながら、パイプの灰を落し、船長が言った。「そのあたりが〝馬の目〟島への最短距離になるはずです。ここからじゃ、たっぷり三百キロも損ですよ。」

船客は首をふり、手をさしのべ、

「そのころになれば、夕焼で、雲が赤くなりますね。御存じのように、私は、赤い色が大嫌いなんですよ。」

二人は声をあわせて笑い、握り合った手を、しきりにふりまわした。

「御成功を祈ります。」と船長が言い、「祖国のために。」と旅行家が言った。

〝くまん蜂〟号は、はじめ、融《と》けかかった大都会のような密雲のかたまりを前にして、自分のきゃしゃな骨組にとまどう風だった。しかし、足元で、大きな下等動物の消化器のように、十二メートルの波長でのびちぢみしている海のほうが、もっと怖い。ふいに上舵《あげかじ》をとり、雲の中に飛びこんで姿を消してしまった。

雨になった。

それから、北東貿易風の前線に出たので、急に雲が切れた。

酸化鉛色の、その雲の壁にそって、北東に迂回《うかい》する。数十分後に〝馬の目〟島の切り立った南の岸が見えはじめた。

〝馬の目〟島は、その南西にある〝鞍《くら》〟の島といっしょになって一つの王国をつくっている。大昔は、王国全体が陸地つづきで、横になった馬の形をしていたのだが、次第に陥没して、目玉の部分と鞍の部分だけが残ったのだという。

〝馬の目〟島の大きさは、周百八十六キロ、人口十一万四千五百四十四人。〝鞍〟の島は面積、人口、ともにその約二倍であり、王宮府がある。そこに〝馬の目〟島の島長の兄が、国王として住んでいた。国王は世襲だが、島長は代々国王の弟に代ることになっていた。だから〝馬の目〟島の島長は、国王が死ぬたびに、兄の息子に地位をゆずらなければならないわけである。

この国の住民は、人種的には灰色人種に属する。目も髪も皮膚も、くすんだ冷たい鉄色。労働を愛し、魚を常食とする、平和な民族である。しかし、貧しい。貧しさのために、劣等民族であると言われ、無知狂暴の定説を外国の小学生の地理の教科書の一ページにしるすことになったわけだ。もっとも、中には、その一ページさえない教科書もあるらしいのだが。

〝くまん蜂〟号は、島の中央で飛行をやめ、地図と見較《みくら》べながら、やや南よりの〝瞳《どう》孔《こう》〟広場めざして、まっすぐおりはじめた。

島全体は南西から北東にのびた楕円形《だえんけい》で、南西の端に涙腺山《るいせんやま》があり、そこから涙の河が、北西岸の、島唯一《ゆいいつ》の港である〝まぶた〟の入江に流れこむ。中央に虹彩山《こうさいやま》がそびえ、その南側のふもとに役場をかねた島長のやしき、虹彩館があり、横断軽便鉄道をへだてて瞳孔広場が白く浮んでいる。島の西半分は森林地帯で、東半分が畠《はたけ》だ。人家は入江附近と広場のあたりに密集している。

広場の真上、三十メートルくらいで、下降を中止、ゆらゆら宙に浮んだ。

島民たちは、はげしい驚きにとらわれた。矢のように飛ぶ飛行機は見たことがあるが、じっと空中に浮いている飛行機なんて、はじめてだ。次から次に、窓が開き、戸が開く。子供たちが駈《か》けまわり、あれはヘリコプターというものだと、教えてまわる。店番の女は店を忘れ、野良《のら》仕事の男は仕事を忘れ、広場めがけてぞろぞろ集まってきた。やがて広場は幾重もの人垣にかこまれ、翌日の新聞によれば、約二千人をこえたということだ。

〝馬の目〟島　地図

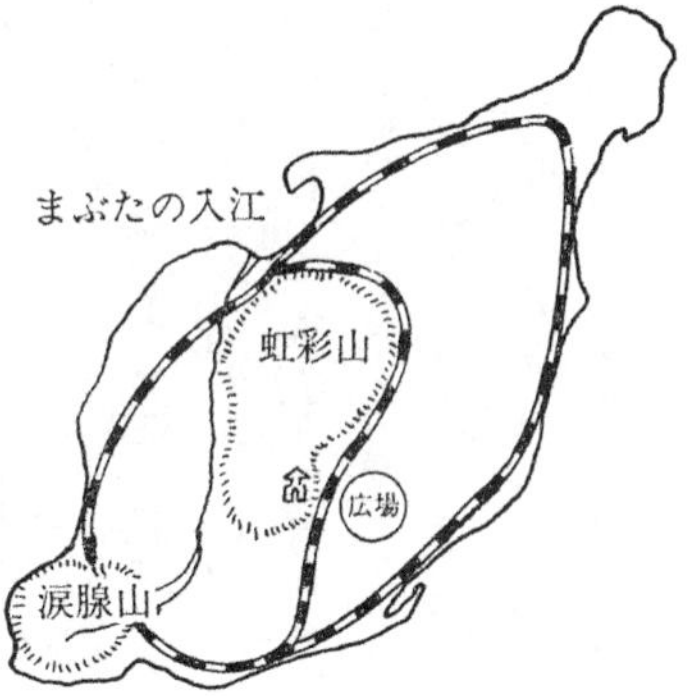

昼寝をしていた島長も目をさました。島長は高血圧症のところにもってきて、財政不振から最近はユーウツ症を併発し、ほとんど一日の半分を昼寝についやしていたのだ。はて、なんの騒ぎだろう？　何かの祭日だったっけかな。そうじゃない、音楽が鳴っていない。

何気なく、日《ひ》除《よけ》を上げて、目をむいた。島長はヘリコプターに関する知識をまったく持合わせていなかった。驚きはすぐに、絶望的なこだわりに変った。支配者が、現実に追越されたと思ったときの、あの苛立《いらだ》ちである。

服をつけ、警備兵を従えて、外に出た。

島長の出現が合図のように、〝くまん蜂〟号が着陸した。ドアが開き、金属製の梯《はし》子《ご》が引出され、そう立派ではないがそう見すぼらしくもない四十前後のカラバス人——読者にはさきほどカラバス丸の上で顔見しりの——が、大きなトランク片手に降りてきた。ポマードできっちり固められた褐色の髪、一面ふさふさと白い生毛に覆《おお》われた大きな顔、もてあましたように曲った重そうな鼻、日除のような眉《まゆ》の下の緑色の小さな目。トランクを置いて、スミレの香水をしませたハンカチで額の汗をぬぐい、渦まきながら次第に環《わ》をせばめてくる島民たちを、まるで風景でも見るように眺めまわした。

島長もハンカチを取出して顎《あご》のひだにたまった汗をぬぐった。島長は考え、きわめて端的な結論をえた。色とりどりのスタンプでぎっしり埋めつくされ、真鍮《しんちゅう》の金具で四方を囲んだ、その大型トランクは、たしかに長い旅を経てきたものである。質素な服装をしてはいるが、この外国人は、おそらく世界漫遊の途上にある大金持にちがいあるまい。もしかするとこれを機会に観光地〝馬の目〟島の名が世界に宣伝されることにならないとも限らぬではないか。そう、ここで一もうけしてやろう。

島長は警備兵の一人に、カラバス人の荷物を搬ぶのを手伝うように命じた。警備兵は誇らしげに、幾分狼狽《ろうばい》しながら、旅行者に向って礼儀正しい敬礼をした。カラバス人は微笑を浮べてタバコに火をつけた。警備兵は持上げようとして、そのトランクの重いのに驚いた。傾けたり、引きずったり、さまざま努力をしてみたが無駄だった。汗が上衣《うわぎ》の外まで濡《ぬ》らし、目をふさいだ。

タバコを吸いおえたカラバス人は、おだやかに警備兵の肩に手をかけて押しやり、軽々と片手に持上げて、島長のほうに向って歩きだした。警備兵は立派な体格をしていたし、すくなくも九十キロ以上の荷物をかつぐ自信はあった。驚きと嘲《あざ》けりのつぶやきが湧《わ》き、警備兵も尊敬と恥らいの想《おも》いをこめて見送った。

まあそこまでは経験をわずかにはみだした風変りな出来事だったというにすぎない。

それからまっすぐ島長の前に進みでたカラバス人は、しばらくじっと島長を見下ろしていた。ちょうど首から上だけ背が高い。島長はまごついて、誰かカラバス語を話せるものはいないかと囲《まわ》りのものに尋ねた。誰も話せなかった。島長はしきりに手まね身ぶりをはじめた。意味があったのかどうかは分らない。急にカラバス人が笑った。

島長も笑ってみた。するといきなりカラバス人にぽんと肩を打たれ、島長は悲鳴をあげて坐《すわ》りこんでしまった。

不意に広場全体がしいんとなった。

島長はぎょっとして立上った。鉄色の顔が錆色《さびいろ》になった。

とつぜん湧上った喊声《かんせい》と地ひびき。それは復讐《ふくしゅう》に形相を変えた島民たちのふみならす足音。白く乾いた広場の砂が、彼らの足もとから壁のように這上《はいあが》った。どっとおそいかかった群衆が空間を折りたたみ、遠景は消えうせる。(しまった、と島長は考えた、カラバス人なんて、何をするか知れたもんじゃない。小説にあるように、探検家だとか旅行家だとかいう連中は、向う見ずで乱暴者にきまっているんだ。)……だが、そう思ったときはもうおそい、カラバス人はキッと身構え、その右手に光ったピストルは、充血してゴムまりのようにはずんでいる島長の心臓にぴたりときまる。安全装置が外され、引金にかかった指が次第に内側に折れていく。群衆を制止しようと、島長は思わず大声で叫んだ。

その叫びにふと我に返り、(おや、何だ?)全部島長の錯覚だった。実際には何にも起きてなどいはしなかったのだ。それどころかいっそう静まりかえった広場の中を、調子外れのうっとうしい悲鳴が、我物顔に駈けまわり、虹彩山にこだまして、彼は羞《はずか》しさのあまりほとんど呼吸困難におちいった。ほっとするよりも、新しい悩みに胸をかきむしられるのだった。

(そうか、……なんていう連中なんだろう。もう私の屈辱をおのれの屈辱と感じてくれる島民たちはいないのか!)

彼は急に依怙地《えこじ》な気持になり、振向いて命令した。

「やつを、捕えてしまえ!」

すぐ後ろにひかえていた警備隊長は、びくっとして微《かす》かに唇を動かしたが、何も言わなかった。

「早く、ひっ捕えんか! 殺したってかまいやせんわ!」

同時に島長はひやっとした。彼は退屈に悩んでいたが、同時に事件を恐れていた。カラバス国は世界の列強である。問題が国際関係にでも発展したりしたら、どんなことになるだろう。唯《ただ》でさえ国と国が干渉したがっている時代だ。鞍の島にいるカラバス大使がここぞとばかり目をむいて、国王の兄をおどかし、おれは島長の椅子《いす》から追ん出されるにちがいない。彼は家財を荷馬車につんで、ある秋の冷たい雨の降る日、あてもなく虹彩館を立去っていく場面を、からっぽになった胸の中にありありと描いた。(ああ、なんていうことをしてしまったんだろう。しかし賭《かけ》はなされた、矢は放たれた。)

……だが、どういうわけか、警備隊長はやはり少しも動きだそうとしなかった。隊長には、実を言うと、あの命令がちっとも本気のようには思えなかったのだ。「殺したってかまいやせんわ。」などと言うのは現代の馬国人が使う言葉ではない。童話か芝居で王様がつかう言葉、いざ現実に聞いてみると、とてもそのままの意味には受取れなかった。

島長の血圧は二百をこし、ずんずんと頭が腫物《はれもの》のようにうずく。腰に手をあてたカラバス人の腕の間から、まぶしく照り返す広場、ちょうどそこにヘリコプターが何かの啓示のように見え、ふとその前をつむじ風がするすると横切ったのを目にすると、急に古びた胸の倉庫に巣喰っていた鼠が目をさまし、もろくなった心臓のへりを我物顔にカリカリやりはじめるのだ。目をとじるとぽろっと涙がこぼれた。あわてて弁解がましく、「……ほうっておけ。今すぐ手を出す必要はないさ。こいつ、カラバス人どもは、自由主義者で、礼儀を知らん。諸君も驚いただろうが気にしないでほしい。別段悪気もなさそうだから、見逃してやれ。よくしらべた上で、だが、思い知らせなければならんことは、充分思い知らして……。」自尊心のために、「殺そうと思えばいつだって殺せるのだ。」こうちょっぴり附加《つけくわ》えてみた。

立去ろうと振向いた、その耳許《みみもと》に、カラバス人が囁《ささや》いた。

「まったくおっしゃるとおりです。」

それはまさしく立派な馬国語だった。

島長は体をつっぱらしたまま動けなくなった。

「いや、まったく、おっしゃるとおりです。お国の外国人取締法規に、私を適用することはできません。そこにはまっすぐ空から降ってきたもののことは書いてないでしょう。だからあなたが私を法律的手段によらないで処理されようとするのは全く当然ですな。法は私を裁けないがまた守ることもできない。私もはじめからそのつもりで来たのですから、その点、どうぞ気にかけないでいただきたい。私はここに存在すると同時に存在しない、いわば幽霊みたいなもんです。」

島長は燻製色《くんせいいろ》をした唇をまるく開け、生あくびして首をふり、目をむいて泡をふいた。卒中の一歩手前だ。ズボンからポタポタと小便がたれ、しゃがみこんで地面をひっかいた。カラバス人も同じようにしゃがみこんで、何かしきりにうなずく。すると島民たちには二人が親しげに何か相談をはじめたように見えるのだった。

島長は我に返った。急に涙があふれ出た。肩をふるわせてすすり泣いた。カラバス人がやさしい声で言った。

「さあ、握手をして、いっしょにお屋敷まで参りましょう。この場をとりつくろうためには、私たちがいかにも親しげにしてみせることが第一です。私は商人です。取引が目的なんですから、さあ安心して、一つ堂々とやって下さいな。」

そっと差出したハンカチを受取って、島長は涙をふいた。それから二人は腕を組んで〃虹彩〃山の屋敷へ坂道をのぼって行った。

2

誰の頭も混乱していた。

島長とカラバス人が腕をくんでゆく後姿はいかにも親しげだったが、腕を組むなどということはまったく外国風の風習であり、したがってその親しさも外国風なら、つまりこの事件も外国風の順序で起きたっていうだけの事なのだろう。

屈強の警備兵が四人がかりでトランクをかつぎ、後につづいた。ゴッゴッ、石ころがぶっつかりあうような音がした。

島長自身も変な気がしていた。石段をのぼり、幾つものドア、幾つもの廊下、そして見晴らしのいい、彼が一番好んでいた南向の居間に来たとき、何が変なのかにやっと気づいていた。たしかに彼が案内してきたのでない、彼のつもりとしては、会議室の隣の客間に案内するつもりだったのだ。にもかかわらず、ここに来てしまった。まるで彼がカラバス人に案内されたみたいだ。

カラバス人は屋敷の中の案内に精通しているようだった。馬の首をかたどった把手《とって》を、知らないものならまごつくはずなのに、いささかのためらいも見せず右下におし、革ばりの重いドアを開けると、島長を先に、トランクを受取ってから、閉めるのも自分で閉めて、「さあ、どうぞ。」奥の椅子をさした。

二人は貝殻をはめこんだ赤いウルシのテーブルをはさんで向い合った。

島長がこわごわ言った。

「ずいぶん、ここの事情に通じていらっしゃるようですなあ。」

カラバス人はタバコをつけ、一本ぬいて島長にも差出しながら、「そりゃもう万事合理的にやることにしております。いかなる行動をおこす場合も、綿密な調査とプランにもとづいてやる、これが信条ですわ。……さあ、一本どうぞ。おおこれは失礼。」

カラバス人はひょいとその手をひっこめて、

「いや、あなたにタバコは毒ですわ。」

島長はむっとして、引込みがつかなくなった手をにぎりこぶしにつくり、目をすえた。カラバス人は学校の先生のように笑って、タバコの代りに大型の名刺を一枚その手の中におしこんだ。

その名刺はちゃんと馬国語で次のように印刷されていた。

カラバス製銃トラスト特派セールスマン
カラバス製銃馬国代理人
国際猟友会理事組織指導員

トム・B

〝馬の目〟島虹彩館内

島長はおどろいた。相手がかの世界に名だたるカラバス製銃の特派員だとは！

「おお、さきほどは、失礼して、申しわけないことをしましたなあ。そうと知ってりゃ、君……」すくわれたような気持が彼に大声を出させた。

トム・B氏は快活に、

「みんな予定の行動ですわ。気になさることはない。ハッハ、いやまあ、少しくらい気にされてもいいですがな。私は商人ですから計算するだけの、つまらん……」

「いやいや。」と島長はすっかり恐縮し、やり場のなくなった目で熱心に名刺を眺めながら、「二つ、地酒をいっぱい、いかがです。」北側の壁にそなえたガラス戸棚の前に立止り、「アッ。」と叫んだ。

「トム・Bさん、ここを事務所になさるつもりなんですか？」

「ええ、そのつもりですわ。」

つもりもくそもない、ちゃんと名刺に印刷までしてあるんじゃないか。あきれたやつだ。正気なんだろうか？　いや、正気かもしれないぞ、自由主義者はなんでも思ったとおりに実行するという話だ。そういうのが新しいやりかたなのかもしれんな。ひどいやつだ。

「気にすることはありませんよ。」とトム・B氏は笑いながら、「私は存在すると同時に存在しない幽霊的存在なんですから、まあ、居ても居ないもんだと、考えていただけばよろしい。」

よろしいとは何だ。と言っても、なぐりつけるわけにはいかないし、はて、どうしたもんだろう？　そうだ、合法的に、入国手続をさせ、法律的に追出してやることにしよう。そこで島長は、卵形のアメ色をしたガラスのコップに、ショウガと砂糖キビと、ツバメの帽子という灌木《かんぼく》の実と、モチアワでこしらえた酒をついですすめ、

「ここを事務所になさるのも結構ですがな、御商売の都合では、もっといい場所があるかもしれません。いくらでも御便宜をおはかりしますが、ええ、まあグウーッと一杯、さあどうぞ、ハハ、〃まぶたの入江〃港の、外国人入国事務取扱所で登録なさって、どうぞどうぞ、そのほうがいろいろと都合もいいと思いますがな、ハハ……」

トム・B氏はたてつづけに三杯一気にのみほして、「結構、結構、このままで結構。」

「でも、たしかに、いろんな施設を利用なさる上でも、ハッハ、たしかに、さあ、もう一杯、どうぞ、どうぞ、」

「結構、結構、この方がかえって便利です。あなただって、いやいや、もう沢山、まったく結構な酒ですな。そう、あなただって、このままのほうが、政府に報告される必要はなし、気がねなく、私を利用することができるじゃありませんか。あなたに与えるものが大きければ、私の得るものも大きい、これは商売の原則です。どうぞ、気がねなさらんで……」

「気がねって、トム・Bさん、あんた、」

「いやいや、まったく、自由にふるまって下さいよ。お国には《ヒョウタンからコ

マ》ということわざがありますね。カラバスを馬国語で言えばヒョウタンの意味でしょう、まったくわれわれの間の密接な関係を予言したことわざではありませんか。法律なんて水臭いことはぬきにして、一つ肚《はら》と肚で行きましょうや。あなたは私を私設財政顧問にするがいい。」

「だけど、トム・Bさん、そのことわざは、とんでもないこと、ありうべからざること、っていう意味じゃありませんでしたっけハハ、おかしな意味で……」

「なんですと？」

「いや、大したことじゃありませんがね。」

「そうですか。大したことじゃないというと、シャレをおっしゃったんですな。」

「ええ、まあね。そんなような、」

島長はうなだれた。トム・B氏は手しゃくで一杯つぎ足しながら、そのみじめな頭を眺めた。その頭は割れるように痛み、脈動に合わせてくらくらゆれる。地軸にひびが入ったような音。

トム・B氏は盃《さかずき》を手に、立上って窓ぎわによった。群衆のほとんどがまだ立去らず、立ったりしゃがんだりしてヘリコプターを眺めたり、虹彩館のほうを見上げたりして、何事かを待っている。

トム・B氏は飲みほした盃を群衆のほうに振ってみせ、笑いながら言った。

「平和ですな。」

しかしその笑いは、顔の隅っこに、ちょっとピンでとめたような具合だ。その言葉は、よく振動する薄い唇の間でプフプフと嘲笑《あざわら》ったみたいだ。

「どうも、御心配をおかけして、」と島長は腋《わき》の下から出たような声で、「まったく、何事もおこらずに、ほっとしましたわい。」

「なんの、心配なんぞ。恐ろしいのは〝赤〟だけです。」

〝赤〟と聞くと島長は緊張した。トム・B氏は微笑をうかべ、うなずいて、席にもどった。ぐるりと見まわし、

「立派な武器庫です。」

実際この部屋の壁は一面さまざまな武器で飾られていた。石器の斧《おの》、矢じり、土人の弓、錆びた刀、折れた刀、前世紀のピストル、火縄銃……。

「あなたは、」とトム・B氏はキッとした表情で、「さぞや立派なサムライでいらっしゃる。あなたのような方に治められている良民たちに、なんの恐れることがありましょうか。」

島長はスウーと息を吸込みはじめた。ほのかな笑いが顔いっぱいにひろがった。

悪い気持ではない。

島長はうるんだ目でやっと言った。

「そりゃ、あんた、」

それから二人は急に笑いだした。笑いながら島長は幾度も涙をぬぐった。

たしかに〃赤〃の話が急に二人の気分をときほぐし、親密にしたのだ。

トム・B氏が、ちょっと真面目《まじめ》な顔になって言った。

「それはそうと、〃くまん蜂《ばち》〃に、覆《おお》いをかけるように言って下さらんか。」

島長にはその意味が通じなかった。また何かのしゃれだと考えた。しゃれなら、笑いついでに、笑いつづければいい。

トム・B氏は眉《まゆ》をしかめ、こいつは馬鹿《ばか》かもしれんぞと思った。

「雨が降ったり、連中に、いたずらされたりしちゃ、困りますからな。」

島長は、べつに馬鹿というほどではなかったから、すぐ自分の誤ちに気づき、むろん笑いやんで、「なるほど、あの機械はそうでしょうな。」

「〃くまん蜂〃です。」とトム・B氏が妙に力んで訂正した。

「あのヘリコプターは、〃くまん蜂〃というちゃんとした自分の名前を持っているんですから、ぜひそう呼ぶようにしていただきたい。こまかいことを言うようですが、これは思想上の問題ですからな。私有財産を擁護するわれわれ自由主義者は、あらゆる物の個性を尊重する。とりわけ所有関係にもとづく個性をはっきり示すためにね。〃赤〃の国に行くと、名詞は全部一般名詞だけになり、人間も名前なんかもっていないそうですぜ。共産制だから、人間は人間であれば、それ以上の区別なんか必要ないっていうわけなんでしょうな。」

島長は目を見はり、すべすべした自然薯《じねんじょ》のような手を口にあて、「オオ……。」と恐ろしそうにうめいた。

「だから、」とトム・B氏はいくらか気をよくして、「私なんぞ、持物のほとんどすべてに固有名詞をつけることにしています。例えば、この私の靴は〃財布の時計〃という名です。私の歩いた分量は、つまり財布の分量だというわけですな。」

島長はこの話に、うなされるほど、感動した。両手を顎《あご》の下に組み、目をほそめ、ささやくように、

「すばらしい、思想です。まったく、あんた、そういう具合じゃなきゃ、いかんですわ。以前、チチという名の家内がおりましたので、今の家内も、ついチチと呼んでおりますが、さっそく、改めなきゃいけませんな。何としよう？　ツツじゃどうでしょうか。まぎらわしいでしょうかな。」

「かまいませんとも。都合によっては、わざとまぎらわしい名をつけることだって、必要ですよ。そこらへんはもう、思想というより、技術的な問題ですからな。」

「なるほど、いちいち、ピーンとくる。もっともな御説ですわ。いや、トム・Bさん、さすがなもんです。」

トム・B氏は、手しゃくでもう一杯、上品な口つきで飲みほして、ふっと目を閉じ、鼻の上に皺《しわ》をよせて声だけで笑った。

島長も、相手の笑に融《と》けこむように目を閉じた。彼は夢想するのだ。持物に、くまなく名前をつけることを今日からの日課にしようと。……指にだって一つ一つちがった名前がなければならない。目につく限りのものが、服のボタンだって、鍵穴《かぎあな》だって、ヘソの上のほくろだって、ペンだって、名前を持たないという法はないのだ。いや一寸《ちょっと》待てよ、名前のほうで不足するようなことはないだろうか？

その疑問に、トム・B氏はきっと顎を引き、パチパチ指を鳴らして、上目づかいに、いかにも勿体《もったい》ぶった口調でこう答えた。

「なるほど、すぐれた着眼点です。核心をつかれましたな。……だが、御安心下さい。数学が、順列組合せの法則が、その無限であることを証明してくれたのです。」

「無限というと、まったく、限りがないんですな。」

「そうですとも。」

島長は、ふたたび目を閉じて、ウウウ……とすすり泣くような、妙な笑い方をした。財産が、名前と一緒に、急にふくれ上り、屋敷をはみ出し、島を覆いつくし、さらに無限にぐんぐんふえていくような気持になったのだ。

彼はさらに思った。私ばかりでない、島民全部がそうするように、早速命令を出すべきかもしれない。そして、彼らの持物が重複しないためには、役場に新しく、〝名詞整理局〟をもうけてやる必要があるだろう。彼ら自身の名前だってケントウする余地があるんじゃないかな。親子だから同じでいいなんていうのはだらしない考え方だ。そういうところから〝赤〟につけこまれるんだ。もしこの新しい法律が出れば、いつも不平を言っている連中だって、もう文句を言うのをやめるだろう。貧乏をなげいていたやつが、逆に持物をもてあますようなことになるんだからね。

たちまち、彼の想《おも》いの中で〝馬の目〟島はエデンの園にも等しいユートピヤに変化する。何もかもが満ち足り、満ちあふれ、太陽は輝きを増し、人々は笑い、ついには島全体が黄金のように光りだす。そして彼は偉大なる君主である。

島長はまったく幸福だった。空想の輝きが増すにつれて、彼の顔はだらしなく、あけっぴろげに、のびひろがった。一方、トム・B氏の顔は、島長の放心を見詰めながら、反対に固くひきしまり、次第に冷たく、次第に刺すような目つきになっていった。

突然島長が目を見開いて、むせぶように、

「感謝いたします。トム・Bさん！」

不意を襲われてトム・B氏は、目尻《めじり》と口の端だけで微笑《ほほえ》んだ。二人はしばらく目を交え、微笑み合った。島長は、相手の細かい表情など、ほとんど目に入らなかったが、トム・B氏のほうでは、つくり笑いに疲れ、いらいらしながら、ヤレヤレ、こいつ、相当な間抜けだわいと、考えた。

それに、そろそろ主題に返ってもいい頃合であったから、態《わざ》とらしく、ひょいと真顔にかえり、

「島長さん、」真面目さを思わせる、話術の粋をつくして、トム・B氏はいよいよ彼の奇妙な商談にとりかかったのである。

「……そこで、私が当地に参った直接の目的にもふれることなのですが、御存じでしょうかな、多分今月の末、北上する数万羽の雁《がん》もどきの大群が、ちょうどこの島の上を通りかかるっていう話を。ええ、こいつは世界自由鳥類学会の報告なんで、たしかですとも。権威ある資料ですわ。で、雁もどきって鳥のこと、むろん御承知でしょうな？」

島長は、よく知っているようにも思ったし、全然知らないようにも思われた。それでしごくあいまいに、うなずくともなくうなずいた。

「ハハ、まったく。」とトム・B氏は息をはずませ、「数万羽の雁もどきってのが、どんな凄《すご》いものだか。春から夏にかけて北上し、秋から冬にかけて南下する、渡り鳥ですがね、例年は分散的に、大陸コースを通るのを、どういうわけか、多分潮流の変化とか太陽の黒点の変化とかが理由でしょうが、今年は海路、大挙して移動するというんです。そいつが、出発するところでざっと見つもって、八万羽というんだからすごい。雁もどきの飛翔《ひしょう》能力から見た計算の結果、どうしてもこの島で一休みすることになるらしいのです。少なく見てその半分が降りたとしても四万羽、大したことじゃないですか。それが五、六時間のあいだ、この島に羽を休めるんでさあ。ところで、これ、ごらん下さいな。鳥肉加工トラストからの、購入契約書です。何万羽でも、そっくり買取るという、白紙委任です。つまり、私が代理人なんですよ。コストは、一羽あたり、百十二円三十銭。四万羽とすれば、四百四十九万二千円。まあ、これだけだって、大したもんですね。ところが、これは序の口にすぎんのですよ。こいつは科学的に説明できることなんだが、雁もどきが通った道を、今度はコンコン鳥が必ず通っていく。それが、あなた、島長さん、驚くべきことに、二十万羽以上と推定されてるんです。今度もまあ半分と遠慮して、十万羽。コンコン鳥のことは知ってるでしょう、しっぽにきれいな長い羽が二本あって、一本三百円以上もすることがある。トラストでは、一羽まるごとで、三百四十二円にしてほしいと言ってますが、十万羽なら三千四百二十万だ。しめて、三千八百六十九万二千円なり。」

「オオ！」宙にひろげた島長の腕に、ぞっと鳥肌が立つ。

「もし、その鳥どもが、半分じゃなく全部来たとしたら、その二倍の七千七百三十八万四千円！」

「オオ！」唇がへの字形にそりかえった。

「それがたった五、六時間の勝負。」

「オオ！」

「しかし、あなたがたは、残念なことに、それを捕えるための鉄砲を持っていないんだ。……そこで、カラバス製銃のセールスマンとして、猟友会の組織指導員として、私が当地にうかがった。と、いうわけなんですよ。私は国際的商人です、どうか信用して下さい。鉄砲を買っていただけば、無料で猟友会を指導いたしましょう。鳥のもうけは、むろん、一切あなたのほうに収めていただけばいい。もうけさして、もうける、商売はそうじゃなくちゃ永続きしませんや、ねえ。」

「そう……そう……」可哀《かわい》そうに、島長は、興奮のあまり、ほとんど判断力をなくしてしまっていた。「しかし、ね、トム・Bさん、その島は、間違えて〝鞍〟のほうへ行ったりはしませんか？　なにか、ちゃんとこう、目玉はこっちだと、目じるしでもつける工夫がありゃ、安心だが……。」

「無駄だ、そりゃ、島長さん、まったく無駄な心配ですわ。なぜって、今年の雁も、どいきの通路は、計算の結果を見ると、この島のずっと東よりなんですぜ。近くにある島を通りすごして、なんで遠くまで休みに行ったりするもんですか。そんな気まぐれをおこすのは、のら犬か人間くらいなものですよ。」

前の名前の話ですっかり幸福になっていた彼は、もう幸福を疑う力を失っていた。

苦々しくゆがんだ顔を見られまいとして、トム・B氏は側《そば》の大トランクの上に身をこごめ、蓋《ふた》を開けて、中から一チョウの鉄砲を取出した。かなりの旧式銃だったが、島長には、そんなことはもうどうでもいいことだ。

「こいつが見本ですが、いかがなもんでしょう。お気に召したら、二千チョウばかり、おねがいしたいんですがな。契約ができ次第、輸送機でパラシュートを使って、すぐ届けさせます……」

島長はただうれしそうに、黙々とうなずき返すだけだった。

3

翌日の新聞は、三段ぬきのカコミ記事で、トップにその取引の内容を大々的に取上げた。

旧式銃二千チョウの購入
不法入国のカラバス人との間に成立

標題から見ても明らかなように、論調は大体島長に反対の立場を取っていた。問題点は次の三つが中心だった。

(一) その銃が、ひどく旧式であること。
(二) 雁もどきなどという鳥が、はたして存在するかどうか。
(三) 法的根拠を持たないそのような外国人をどこまで信ずべきか。

（一）の点について言えば、その後に、専門家の談として、一猟師の意見がのっていた。それは、鳥を撃つには、あまり上等な銃である必要がないばかりか、かえってある程度旧式の方が、鳥を傷つける率が少なく、また霰弾《さんだん》を使うのに便利だし、経済的にも多分いいと思われるという、肯定的なものであり、一応の説得力も持っていたから、この点はそれでケリがついたような恰好《かっこう》になった。

(二)の点は、もっと複雑になりそうだった。これには、雁もどきというのは豆腐を油で揚げたもので、それ以外のものではありえないという、某豆腐屋の強硬な意見があるだけで、肯定的な立場に立つものはなく、しかし、つくり事にしてはあまり馬鹿々々しい子供だましに近いことなので、かえって否定しきれないものもあると言った気分が強い。〝馬の目〟大学の生物学の教授も、これには意見を保留したということだ。

(三)の場合は、第一、社説からしてかなり強硬だった。ホコ先はもっぱら島長に向けられた。もし、ダマされた場合、その負担が島民の肩にふりかかってくるのだということを忘れるなと、島民に対する警告の形を借りて、ほとんど島長を脅迫するような調子さえこめられており、下手すると、これは政治問題にさえ発展する兆候を見せている。

しかし、反対意見ばかりでなかったことは、むろんである。七千七百三十八万四千円という数字は、なんと言っても強烈な魅力とリアリティではないか。世論は沸騰《ふっとう》し、午後には〝鉄砲事件の真相〟と題する号外まで出された。

もっともその内容は、とくに真相と名づけるほどのものではない。というのは、その号外が計画されたとき、すでに世論が真相をつかむものではなく、逆に真相が世論をつかむ仕組に変えられていたからだ。

朝刊が出てから、二時間とたたぬころ、虹彩館の一室で、すでに世論製造の対策会議が始められていた。主催は言うまでもなくトム・B氏。招かれた者は新聞社の主幹と、役人の頭と、警備隊長である。

女給仕が、ビールと二品の料理をくばって出て行くと、その後姿にちょっと色目をつかってから、トム・B氏が立ってアイサツした。

「せっかく、お忙しかったり、お休みだったりしたところを、むりにおまねきして、申しわけないようでもありますが、御安心下さい、商人はつねに、〝時は金なり〟の金言を忘れることはないのであります。必ずや、皆さんの利益を、考慮しておるのでありまます。国家、ならびに皆さん個人に対して、今日の会合は充分なる御満足をいただけるにちがいないと確信しておる次第であります。」

むろん拍手するものなんか居やしない。心配そうに、トム・B氏のわきで、フォークにさした腸詰をくるくる廻《まわ》している島長をのぞけば、聞手は誰も無関心、あるいは無関心をよそおって、両手にはさんだビールのコップをじっと見詰めるだけである。

トム・B氏は一段と調子を高め、

「本日おいで下さった諸君の受ける利益は、まさに三つの部分から成立っている。その第一は、各人に鳥肉加工トラストとの取引の五パーセント、最大限三百八十六万円強を進呈すること、」

微《かす》かな動揺がおこり、島長が大きな音をたててナプキンで鼻をかんだ。

「第二に、」と今度はいくらかおだやかな調子で、「諸君は新たに結成される猟友会の各要職につき、報酬として年五十万を受ける。」

一同の姿勢が安定し、呼吸がそろい、視線が集中する。トム・B氏はすっかり声を和らげた。

「そこで、第三はですな、鉄砲公債発行のために島営銀行を設立し、諸君にそれぞれ重役になっていただいて、公債の二パーセントを無償提供したいと思っているわけです。」

ついに拍手がわいた。トム・B氏は右手を肩の高さに挙げて、微笑んだ。

「ところで、以上のような利益の提供が、決して無から生じた、架空なものであるはずがない。かかる利益の捻出《ねんしゅつ》が、強盗がそうするように、決して何処《どこ》かからの強奪という形で得られるわけはないのであります。諸君も紳士であり、私も紳士である。むしろ、正当な利益というものは、他に与えることによって得られるものであることを、考慮ねがいたい。雁もどきの移動という現象が、何らかの強盗行為であり得ましょうか！　否々《いやいや》、これはただの自然現象にすぎない。そしてこの自然現象は、ほっておけばそのまま何ものも残さず、いや、せいぜいフンと小便と、それに多少の農作物の被害を残して、飛去ってしまう性質のものだ。人間の力がこれを富に、財産に変えることができる。これを捕えて、鳥肉加工トラストと取引し、財産に変えることができる。諸君は、その力を社会に提供し、祖国の繁栄につくすことによって、さきにのべた三つの利益を、当然の報酬として受取るわけなのであります。誰に感謝すべきか、まず島長さんに、ついで諸君御自身の能力に対してであります。」

拍手、拍手、拍手。

「しかるに、この国家的社会事業に対して、反対しようとしている何者かがある！」

島長はなにやら言わくありげにほくそ笑んでいる。他の連中は金しばりにあったようにこわばった。

「それは誰か、いかなる目的で反対しようとしているのか！」みえを切り、そこでちょっと息を入れて、「言うまでもない、国家の秩序を乱そうとする、破壊分子、〃赤〃の手先にきまっているのであります。だが、むろん、言論の自由は尊重しなければなりませんな。で、主幹さん、あなたに一言申上げたいのは、むろん新聞紙上で自由な発言と討論を行い、世論を充分反映して行かなければならないということです……しかし、その自由をたてに、実は自由を破壊しようとしているのが〃赤〃なんですぞ。」

にらまれて主幹は目をむき、喉《のど》を鳴らした。

トム・B氏は声を和らげ、「なにもそうびっくりする必要はない。そのことを念頭においていただけば、自由にやってもらって差支えないわけです。今度の、私と島長さんとの契約にしても、島民全体の利益にもとづいたものであり、大衆の貧困こそ〃赤〃の侵略に乗ぜられる隙間《すきま》であるという信念に立った、高い理想と一致するものですが、それだって、大衆の無知を理由におしつけるようなことであってはいけない。まず、真相を知らしめ、それによって、世論自らがこの契約を支持するようにしむけて行かなければならん。」

警備隊長はそそっかしく、新聞社主幹は眉《まゆ》と下顎で、役人は横顔で、それぞれの想いをこめてうなずいた。島長は横目づかいに一同を見廻しながら、最後の腸詰をおういように咀嚼《そしやく》していた。

「そこで、以上の目的完遂のために、一致協力、総力体制をとろうではありませんか！　今から簡単にその具体的な方針を討論したいと思うのですが、いかがでしょう？」

あわただしい、窒息しそうな拍手。

「では、討論が抽象的にならぬよう、提案したいと思います。ただちに〝鉄砲事件の真相〟として号外を出すのが、島民の要求に応《こた》えることだと考えるのでありますが、その号外について、検討してみたらいかがでしょう？」

一同はしきりに皿のものをつまむふりをして、答えない。

そこで、「主幹さん、」と指名して、「あなたの社説を拝見しましたが、なにか問題を持っていられるようだ。きっと御意見がおありでしょうが……」

「いやいや、あなた、トム・Bさん、あの時は私も充分事情は知りませんでしたしな、それに社説というものは、やはり常識をびっくりさせない程度に書かなきゃならんもので、」

立上ろうとして、椅子《いす》がどこかにひっかかり、もがいているのを、「まあ、そのままで、」とたしなめ、「おっしゃるとおりです。……で？」

「そこで、私が気にしておりますのはな、」

「そうそう、そいつを聞かしていただきたい。」

「つまり、こういう意見が出るんじゃないかということなんですわ。トム・B氏の行動は外国人による不当内政干渉である。……」

「ふんふん、そういうことも、ありうるな。」とおだやかにトム・B氏。

突然警備隊長がこぶしを振上げて叫んだ。

「そういうやつを、不穏分子というのだ。」

役人が、皿に目を伏せたまま、普通より二オクターブも高い声で囁《ささや》くように言った。

「それに、この問題は、純粋に経済問題でして、内政干渉などと言うべき性質のものじゃない。」

「むろんですとも、」と主幹が追い立てられるように、「この場合、他者の利益にもとづいて島政がギセイにされるのではなく、島の利害と一致した協力がなされているんですから、そのような意見は当然センドウ的性質をもっていると見なしてよい。」

「ハハハ……」と島長が笑った。

トム・B氏も、はじめて本当に愉快そうな笑顔になり、

「いいですか、諸君は私を一応在馬国外人として、ここに居ることを前提にしておられるが、はたしてそうか？　私は〃馬の目〃島に存在しているのであろうか？　この点について、島長さんとはすでに了解済みだが、答えは否《ノン》である。私は居ない、私は存在していない。いいですか〃馬の目〃島にトム・Bなどという人間は居ないのですぞ。」

「ハハハ……」と島長。

他の連中も笑おうとしたが、うまく行かないので、途中でやめてしまった。

「なぜ私は存在しないのか？　よろしいか、なぜなら、馬国において定義されている不法入国者とは、海岸線をこえて上陸し、登録をおこたったもの。つまり、ある人間がそこに存在するということの証明は、水平面上の投影によって、海岸線という閉じられた曲線内にあることによってなされるのであり、空間的に、上下の関係は全く無視されている。海抜何メートルの線をこえて地面に接近せるものは……という条文をつくらぬかぎり、私はここに存在したことにならないのです。そうでしょう、物理学的に言ったって、私と地面との分子間隙《かんげき》は、永遠にふさがらないんですからな。私は物理学的に、まだ空中に浮んでいるのだ。だからここに、法理学的に見たトム・B氏の不在証明が成立する。」

「理論的です。」と主幹が悩ましげに、「居ないものを攻撃するなんて出来やせんじゃないか。」と隊長が勝誇ったように、「現代の経済が超空間的であることの具体化ですな。」と役人がいかにも当り前のように言った。

「このことが徹底すれば、」とトム・B氏は落着いた、低目の声で、「真相についての考え方もはっきりしてくるでしょう。居ない者が何かを言ったりしたりするはずがない。まして私が諸君を裏切るなど、論理的に成立しえないのです。」

一瞬、会場は、タバコの煙さえ動かなくなったほど、ゲンシュクな緊張につつまれた。

「それでは最後に、」トム・B氏は、うって変った軽快な口調で素早く言った。「お土産発表をしたいと思います。われわれの協力体を有機的に推進させるために、島役場を島政府とあらため、機構改革しようじゃありませんか。もっとも当分非合法にして、発表しないほうがよろしい。実権をにぎればいいんですから。そこで主幹さんが政治局長、隊長さんには猟友局長をかねてもらい、主任さんは財政局長、そして島長さんが渉外局長をかねる、という具合にしたらいかがなもんでしょう。なお、局長の報酬としては、前にあげた三つの収入のほかに、さらにその五パーセントずつを増す……」

湧上《わきあが》った拍手に、語尾のほうはかき消されてしまった。

と、その興奮にこたえるように、三方のドアからいっせいに、着飾ったはなやかな女たちが、手に手に料理や果物や酒をもって、舞いこんできたのだ。空いた盃《さかずき》には酒を、空っぽの脳味噌《のうみそ》には愛嬌《あいきょう》を。

「さあ、」とトム・B氏は叫ぶ。「ゆっくりくつろいで下さいよ、局長さん方。そこで、いかがでしょう、島長さんから、何か一言……」

拍手、拍手、拍手。集中する善意に満ちたまなざし。島長は大きく笑顔をふって拍手を制し、静まったところで、

「ワハッハッハッ……」と笑った。

そこで、他の連中も声をそろえ、きわめて愉快に笑ったのである。

4

新聞で、号外で、言いつたえで、繰返されているうちに、雁《がん》もどきの飛来に対する島民の感情は次第に統一されていった。疑いが期待に変り、期待が確信に変り、六月の終りころになると、第一期鉄砲公債の九割以上が消化された。

島全体が興奮につつまれ熱気を帯びた。雁もどき飛来にそなえた猟友会組織のため

の臨時増税が発表され、第二期鉄砲公債の割当が発表され、また猟の便利のための様々な工事に対する猟友会会員の勤労奉仕などが公表されたが、貧困の中で睡《ねむ》ることにならされてきた島民たちは、夢の重さのために、それらの負担を情熱的に耐えた。

だがむろん、批判的な者もいないではなかった。時とともに、それらの声が集まって一つの世論をつくりそうな兆《きざし》も見られた。すると、ある日、新聞社の主幹が、最初に意見を聞かれたとき返答を保留した例の大学教授をたずね、次のように申し出たのである。

「先生はその後も、ずっと雁もどきについての調査をつづけていらっしゃると聞いておりますが、いかがでしょう、全島民の重大関心事であるその問題について、忌憚《きたん》のない意見を発表していただけませんでしょうか。真理を守る新聞にとっての名誉でもありますし、また、島政の正しい運営のために、大きな力になると思いますが。」

抽象的には尊敬され、現実的には小馬鹿《こばか》にされる、そうした社会にかねがね不満を感じていた教授は、むろん非常によろこび、さっそく、「それでも雁もどきは豆腐の油揚である」と題した、極めて批判的な論文を提出することにした。——調査の結果、雁もどきなどという候鳥が存在しないばかりか、コンコン鳥などという鳥も存在せず、第一、世界自由鳥類学会などというものがあるかどうかさえ疑わしい。コンコン鳥というのは、おそらく油揚からの聯想《れんそう》なのであろう……。

ところが新聞は、その記事を掲載する代りに〝赤〟い教授として、教授の学園追放を要求したのである。教授は直ちに抗議文を発送した。すると数時間を待たずに、教授はスパイ容疑で逮捕されてしまった。

――翌二十四日付朝刊の一面トップ。

わが島経済建設の崩壊狙《ねら》う赤いスパイ団
逮捕から判決までわずか四時間の超スピード裁判

昨日の夕刊で報じたとおり、赤教授K氏はスパイ容疑で逮捕されたが、その後特別秘密裁判にまわされ、自白によって全島にわたる大々的スパイ組織が明らかにされた。検事は叛逆罪《はんぎゃくざい》の科《とが》で終身刑を求刑したが、教授の過去の功績もあり、また素直な自白と、〝赤〟におどらされていたことに対する深い悔恨の情が見られたので、情状酌量して、二十年の刑が言い渡された。入所を前にして、教授は淡々と次のように語った。「島に対する裏切りは、死刑にも価《あたい》する罪であったことを、はじめて悟りました。わずか二十年の刑を言い渡された島長の温情に深く感じ、よろこんでショク罪の日々を送りたいと思っています。」

だが本当は、裁判などまるで行われなかったのである。裁判どころか、尋問さえされずに、教授はまっすぐ刑務所の独房にほうりこまれてしまったのだった。新聞の報道など、むろん教授の関知するところではない。

約束の六月はすぎた。しかし期待はすこしも衰えなかった。気象台は熱帯性低気圧の発生がおくれたと報じたし、指導者たちも、練習期間が延びたといって喜んだくらいだった。猟友会への入会は義務制になり、島のいたるところにキャンプがつくられ、ほとんど軍隊同様の組織になっていた。

　撃て雁もどき
一羽ものがすな

……………

青年たちは歌いながら、激しい訓練をうけた。木を切り、橋をかけ、新しい道路をつくり、工場の建設をし、そして実弾射撃をした。飢え疲れた老人や子供は、首筋が曲るのも忘れ、次の瞬間に現われるであろう黒い一点を見つけるために、丘や、屋根や、梢《こずえ》の上から、一日南を向いて坐《すわ》りつづけた。

島長や、局長級のお歴々は、しかしいささかのあせりも見せていなかった。雁もどき、が来る前に、すでに自分たちの懐《ふところ》が、どんどんふくらみつつあることに気づいたからである。彼らはすっかり満足しきっていた。「撃て雁もどき」の作者を表彰したり、会員の射撃訓練を視察したり、閲団式で敬礼を受けたり、また収益の勘定をしてみたり、たのしいことはいくらでもあった。

もっとも島長は最近ひどく引込みがちだった。発狂したという説もあるが、それは確かでない。彼はトム・B氏に教わった、あの名づける仕事、自由主義的生活に熱中していたのだ。彼は自分の周囲にすでに八万九千六百幾つかの新しい名前をもっていた。むろんこの喜びを独占する気なんかなかったのだが、あんまり早く公《おおや》けにしては、折角のいい名前を他人に先取りされる懸念《けねん》があったし、また、ちゃんと法文化してからでないと、無用な混乱や不愉快な奪い合いが起きたりするにちがいないと思われたので、ひたすら名詞管理法の研究を続けながら、深く心に秘めていたのである。トム・B氏だけはそのことを知っていた。そして、その努力を賞讃《しょうさん》し、だがやはり発表を当分ひかえるべきだという考え方に同意見だった。

ある日島長が次のような一文をつづってトム・B氏に見せた。

『ケント、テルミナノミリミリ、コノソントハ、コッピーノ、ムシメガネ。……』

トム・B氏は大笑して言った。

「こいつは、ユーモアがありますな。」

島長は茫然《ぼうぜん》と立ちすくんだ。なぜなら、それは、新固有名詞のみでつづった苦心の作、名詞管理法第一条の条文だったのである。

七月の第一週目がすぎると、さらに鉄砲三千チョウの追加契約が取交わされ、第三期の鉄砲公債が発行された。今度は鞍《くら》の島からもかなりの応募があった。

そのころになってやっと、鞍の島にある政府から、干渉とまでは行かなくても、意見や報告を求める指令が来はじめた。トム・B氏に対する調査団も派遣されそうになったが、それは〝馬の目〟島長の自治性を無視するものだという抗議と、カラバス大使の注告によって取止《とりや》めになった。

だが考えてみれば、日に何度となく定期便が往来している、一つの国の中の出来事でありながら、今まで見て見ぬふりをしていたということの方が妙なのである。国王と政府の無力を物語る以外の何物でもない。事実国王は心臓病の永患《ながわずら》いで死の寸前にあったのだ。〝馬の目〟島の政府が本国政府の指令を無視したことは言うまでもない。それどころか、新聞は、政府ならびに国王の攻撃さえはじめたのである。政府はわが島の繁栄を前にして、自己の無能を覆《おお》いかくすため、妨害する態度に出ているが、これは恐らく政府の中に巣くう〝赤〟の陰謀によるものと思われる……。

七月がすぎた。

南の空は、なんという狂おしい赤さだったことか。見つめる目も赤くただれた。盲《めし》いたものは、その遠い空を指先でさぐろうとした。村も町も荒れはてた。刑務所と精神病院は満員になった。

ある朝、涙腺山《るいせんやま》の頂に、三日前から坐りつづけていた瀕死《ひんし》の老人が、ふと夢から覚め、最後の声をふりしぼって叫んだ。

「来た、来た、雁もどきが来たぞう！」

その叫びを、山麓《さんろく》の半鐘がうけとった。それがさらに、次から次へと、数分後には、全島の半鐘とサイレンにつたわり、ギリギリに圧縮された二カ月半の情熱が声をそろえて吠《ほ》えたてた。

島全体がおののき、ふるえた。

貧しいものはすすり泣き、富めるものは怒号した。

島政府は直ちに非常体制をとり、猟友会は指令を発し、全島が配置につく。弾《たま》をこめて、安全装置をかけろ！　偽装網をかぶり、壕《ごう》に入れ！

撃て雁もどき
一羽も残すな
…………

（シーッ、静かに！）

八月の太陽は駈足《かけあし》で山を登る。入道雲は背のびしながら、次第に黒くなる。絹糸のようにチリチリ音をたてて時間が燃える。

雁もどきは、むろん、いつまでたっても現われない。

おや、発砲した音？——雁もどきなんて、来やしないんだ、そう言った誰かが、非常時法で即時銃殺されたのだ。

虹彩館《こうさいかん》の、あの気持のいい南向の居間で、トム・B氏は愛する妻と息子に手紙を書く用意をしながら、ふと自分のすべすべした手に見とれていた。おれは若い、この分だとまだ大丈夫だな。帰国したら、カラバス製銃を背景に、大統領に立候補してやろうか。

そのとき、常になく狼狽《ろうばい》して、主幹兼政治局長が駈込んできた。呼吸がととのわず、なかなか要件を言い出せない。トム・B氏はおだやかに相手の肩に手をおいて、

「雁もどきが、来ないんですな。」

主幹はつづけて八遍も、いかにも恐ろしげにうなずいてみせる。

「手配はしてある。」とトム・B氏は一通の書状を差出し、「そろそろ国王が死んだころだ。すぐにこの文書を公表して下さい。配置についた猟友会員をそのまま、海上部員と協力して、鞍の島攻撃に向わせるのです。」

見る見る主幹の唇に皺《しわ》がより、目が落込んで、瞳孔《どうこう》が拡散する。

「それ以外に、手だてはあるまい。」トム・B氏の声には今までにない深い思いやりがこめられていた。

主幹はうなずき、落した視線を、ついでに文書の上にのっけてみる。

――布告 一号――

独立〝馬の目〟島政府は、ここに鞍の島偽政府に対して宣戦を布告する。

敵偽政府中に巣くう赤色分子の罪状は今や明白になったのである。彼らの活動はここ数週間とくに活潑《かっぱつ》であった。彼らは背後にある某国とはかり、雁もどきの進路に対して人工的な妨害を加え、毒ガス兵器によりこれを殺傷海中に葬《ほうむ》り、もってわが島民の福祉を破タンせしめたのである。のみならず、本日午前六時四十分、予の兄上なる国王暗殺の挙に出、幼少の新王をたて、もって法をたてに予をわが島より追放、ただちに兵をもって侵攻し、折しも繁栄の途上にあるわが島を根柢《こんてい》よりくつがえさんとはかった。

わが島民の誰があえて赤魔の不当な侵略に屈するか！　誇りある〝馬の目〟島の忠勇なる全島民よ、いざ正義の進軍に立て！

〝馬の目〟島新王　㊞

——布告　二号——

敵はすでに進撃を開始している。指令に従って、直ちに前進を開始せよ。

猟友会総司令　印

——秘密指令——

政府はトム・B氏との間に、新型銃砲五千チョウの契約を結べり。第四期鉄砲公債の発行ならびに、戦時経済体制に直ちに着手すべし。

各局指導部御中

「分りましたか？」とトム・B氏が囁いた。

「島民たちは疲弊のどん底に居ます。」と主幹が水っぽい声で言った。

「戦争に勝って、鞍の島を占領するまでのしんぼうです。」とトム・B氏がおだやかになぐさめた。

両足をゴムで結ばれたように、もつれた足取で主幹が出て行った後、トム・B氏はドアに鍵《かぎ》をかけ、窓に日除《ひよけ》を下ろし、寝椅子《ねいす》の脇《わき》の、トランクを開けた。その半分が無線電話の装置である。スイッチを入れ、ダイヤルをまわし、レシーバーをかけてしばらく経《た》つと、受信を告げる青い豆ランプが点滅した。

――ハロー、ミスター・ジャック？　馬国大使のジャックさんだね。私はトム・B、カラバス製銃の……そうそう、あと三十分くらいで、こちらの兵隊が攻めこむからよろしく。国王はうまく死んだだろうね。ああ……そうとも。なあに、心配ないさ、船はなし、銃はあのボロ銃だ。そっちの政府に知らせてやってくれよ。うんうん、こっちじゃまた新しく五千チョウ買ったぜ。それも新銃だ。そっちでも、何とか売りつけるようにしてくれよ。たのむ、手数料はおしまない……そうともさ……ハハ、いいね、なるほど、うまく調節して、戦争がながびくようにするんだね。じゃ、バイバイ、こと急をつけたら、すぐ連絡し合おうぜ……。

島長は昼寝していた。名前がこんがらかって、何が何だか分らなくなる夢を見ていた。風のない、火の粉に埋ったような正午。

山のふもとに、河のほとりに、道端に、島民たちは相変らず立ちつづけていた。時を忘れ、棒立ちになり、うらみのこもった視線で、どす黒い南の空の一点をかきむしりつづけた。突然雨雲があふれ出た。雷が、海から雲へ、雲から山へ、山から雲へと鳴りひびいた。しかし彼らは動こうとしなかった。

すると、そのとき、さらに大きな怒号が鳴りひびいたのだ。歓喜に輝く勇邁《ゆうまい》なる警備隊長、猟友会司令長官閣下の進軍命令。

進め
つわもの
祖国を守れ！

虚《うつ》ろな行進がはじまった。蛙《かえる》のように、腹ばかりふくれた裸の餓鬼だけが取残される。目の落ちくぼんだ、鼻のとがった肺病やみの女だけが取残される。乾ききって、動けなくなった老人だけが取残される。

トム・B氏は、雨の音を聞くと、急に子供のころのことを想出《おもいだ》した。そこで、ペンをとり、愛する息子にあてて次のような手紙を書き送った。

——大事な可愛《かわい》いサム・Bよ。

〃馬の目〃島でのお父さんの仕事は大成功です。お父さんは随分沢山のお金をもうけました。お小遣を同封しますから、いつもほしがっていた、フォードの新型車を買いなさい。フォードは安くて丈夫だから、練習用にはもってこいなのです。しかし、雨には気をつけなければいけませんよ。雨の音はしんみりしていいものだが、人間でも機械でも、湿気と女には気をつけなけりゃいけない。お父さんの〃くんま蜂《ばち》〃は……

と書きかけて、ふと気にかかり、窓からのぞくと、蛙のような餓鬼の一群が、のろのろ広場を横切ってくるのが見えた。トム・B氏はぎょっとして、呼鈴を鳴らし、飛んで来た警備兵に蛙たちを指さして、

「ぶっ殺してしまえ！」と怒鳴った。

（「群像」昭和二十七年十月号）

イソップの裁判

——夏がきた。

サイプレッスの森でよび交わす小鳥の声を、光の粉がつつみ、オリーブの畠《はたけ》には、蜂《はち》の群が、太陽のカケラのように、飛びまわり、しっとりと花粉にむせんで、羊たちは落着をうしなった。風は、沼の表の水草に、こまかな皺《しわ》をよせ、沼はまるでこぼれたミルクのように見えた。

だが、そうした自然の成熟の蔭《かげ》で、サモスの島の人々の生活は、まだ戦火の痛手から立ちなおることができず、それどころか、季節にさからって、冬よりも枯れはてた日々を送っている。簡単にその事情を説明しよう。去年の暮、神官に渡りをつけて神兵の名をもらったデルフォイの海賊たちが、エーゲ海をわたり攻めいって、それまでの支配者であったイオニア人たちを島の外に追いはらってしまったのだ。ドレイの小アジア人やアフリカの黒人たちは、この気の荒い新しい主人たちになかなかなじめなかった。

サモス島にも、昔から、神殿らしいものがないわけではなかった。この島がゼウス一族の植民地になってからもう千年以上もたっているのだ。ゼウスの神話は住民の八割を占めるドレイたちにとっても、生活を織り出す縦糸になっていた。人々はヘルメスにかけて誓ったり、刈入の季節にはイケニエをデメーテルにささげたり、無花果《いちじく》の枝をかざしてエポスを踊ったりした。しかし、自由を求めて異国に渡った商人たちの子孫であるイオニア人が、神話のかわりに貨幣経済の倫理を、農民的封建性よりも商人的市民文化をえらび、唯物論《ゆいぶつろん》的な世界観をつくり出す方向にむかったのが当然であるように、そうした自由人に支配されていたドレイたちが、ゼウスを生活の装飾くらいに考えはじめていたのも、当然ではないか。ドレイ制自体がゆらぎはじめていた。神話は現実からおとぎばなしになり、新しい思想が生れ出ようとしていた。ドレイたちは、かなりの権利を獲得し、自由に近づきつつあった。そしてこの新しい歴史のページは、ギリシャ全土にわたってめくられようとしていたのだ。

　高い文化をもってはいたが、その経済的基礎は相変らずの農奴搾取《さくしゅ》によっていた半島南部の諸都市では、こうした一切が恐るべき崩壊と感じられたのは無理のないことだ。とりわけ反動勢力の中心地であるデルフォイの人々は、こうした新思想に対して強力な神殿政治をおこし、ギリシャ全土を統一しなければならないと考えていた。デルフォイ神殿同盟が結ばれた。紀元前六〇〇年の冬、第一次神聖戦争がはじまった。デルフォイ人たちによるクーデターである。

多くのイオニア人が殺害され略奪された。しかしそれはどっちみちギリシャ人同志での仲間討だ。圧制が植民地で一番ひどかったのは言うまでもない。ゼウス一族がイオニア人を支配したとすれば、植民地のドレイ達は死神プルートーの支配下におかれたと言ってもいいだろう。海賊や山賊がかり集められ銅のよろいと鉄の槍《やり》をあたえられたのが、デルフォイの神兵だった。

村々は炭化し、女たちはヴィナスのイケニエにささげられ、男たちは神殿の再興にかり出され、家畜は手当り次第に徴発された。多島海の島々を征圧するための重要地点として前々から海賊たちが目をつけていただけに、サモスの島の侵略が最初であり、また被害も一番大きかった。年が明けると神殿政治による新しい秩序が布告された。ドレイたちはすべてを奪われたばかりでなく、再び神話の鎖で死につながれた。

春は病気のようだった。

春が終って夏が始まる太陽祭の前夜、突然大神殿が火をふいて焼け落ちるという事件があった。武装した神兵たちが三々五々、隊を組んで村々を荒しまわった。

「謀《む》叛人《ほんにん》イソップを召しとれ」

という奇妙な布告を全島にふれまわりながら。

その布告を聞いたとき、人々はにぎりこぶしをつくった腕で胸をたたいて、思いきり笑わずにおられなかった。それは今年になってから始めての声を合わせた笑だった。なぜなら、イソップとは、ドレイたちの俗語で『噂《うわさ》』というような意味だったのだから。きびしい監視の中で人々は自分の思うことを喋《しゃべ》れず、かわりに、イソップがこう言ったと、人格化したイソップに托《たく》して想《おも》いを告げ合う習慣だった。

道で出遇《であ》ったドレイたちはこんな具合に話した。

「おまえんとこの、クリフォスはまだ生きてるかね？」

クリフォスとは、昔エピラム村のドレイ頭《がしら》をしていたイオニア人とトルコ人の混血で、今はひそかにデルフォイ人と内通している裏切者のことだ。

「ああ、クリフォスのことなら」と相手は左右に気をくばりながら答える。「イソップがこう言ってたよ。クリフォスはなあ、あれあのとおりゴマ塩頭だ。ところであいつは二人の女を持ってるんだそうな。一人は若い娘っこで、いま一人は年増《としま》のヤリ手婆《ばあ》なんだとよ。で、今夜娘っこのとこに行けば娘っこはヤツのゴマ塩を厭《いや》がって白いのを一本抜く、すると明日の晩は婆さんがヤツに浮気をさすまいと黒いのを一本抜く、そこで、年が明けりゃおおかた禿《は》げっちまうだろうってことよ。」

イソップの首に懸賞金がかかった。イソップの罪状は日増しにふえた。イソップはデルフォイの神兵を殺害した。イソップは神殿に牛のクソを投込んだ。イソップは神殿の宝物庫を破り、羊を盗んだ。イソップは……。

イソップは、しかし、なかなか捕まるはずがない。デルフォイ人たちは、この神出鬼没のパルチザン隊長を、アジテーターを、血眼《ちまなこ》になって追求した。恐怖政治はいっそうきびしくなった。しかし、誰が噂を捕えたりすることができるだろう。ウェルギリウスがゲオルギコンで歌っているように、それは諸物のうちでもっとも足の速いもの、夜陰を翔《かけ》り行き、動きとともに成長するもの、はじめはささやかに忽《たちま》ちにして雲をぬくほどにそびえるもの、……捕えるどころか神兵たちはイソップの不思議な力をますます思い知らされるだけだった。

ところがある日、神兵たちが島中を布れてまわったのだ。

「叛逆者《はんぎやくしや》イソップが捕まった。裁判をするから集まってこい。今夜、神殿前の広場で、月の出る時刻、神々の裁きが下るのを見にやってこい。」

人々は唾《つばき》をはき散らして笑い、だがすぐその後で、突然はげしい恐怖におそわれた。

捕えられたのはプリストス、かの偉大なる教師であり天文学者であった。彼は最初の天動説主導者である。サイプレッスの森のはずれ、泉のほとりの小舎《こや》に住み、老タレスとの論争を想浮べながら、また若いピタゴラスとの短いしかし驚異に満ちた邂逅《かいこう》を想出しながら、ひびのはいった石板を膝《ひざ》に、世界の法則を解きほぐすことに専念していた。ドレイ出身の彼はまた、小舎の外に集まり、草の上に坐《すわ》って静かに耳傾ける青年たちに、こう語って聞かすのだった。

「君たちはゼウスの神話が誤った空想の産物にすぎぬことを知っている。万物はただ原子の運動から成立っているだけだ。にもかかわらずゼウスは現実にわれわれの生活を支配しているのだ。存在しないゼウスやヘルメスが、権力の中で生きている。だからゼウスはわれわれがいかに理論の上だけで否定しても死に絶えない。真理を現わすために、権力が打ち倒されなければならないのだ。忘れてならないことは、真理を守るものが常に民衆だということだよ。民衆の言葉を借りればこうだ。イソップが言った、ある男が牛の心臓を料理しようとして、ちょっと塩を取りに場所を外した間に、その心臓を一羽のワシが盗み去った。すると男が言った。『おまえはおれの心臓を盗んだつもりで、実はおれに心臓（怒り）を与えたのだ。』――権力は奪ったつもりで与えるものだという教訓だね。また森や畠や海辺のイソップたちはこうも言う。ヘルメスの神官がしばしば狩人《かりゅうど》たちのワナを荒した。そこで狩人たちはもっと大きな新しいワナを仕掛けて待っていた。案の定神官がそのワナにかかった。神官は驚き助けをこうた。すると狩人たちはこう答えたというのだ。『ふん、ヘルメスさんに助けてもらいなよ。』——民衆はもうドレイの魂に甘んじてはいないということ、そして最近流行《はや》っている、ライオンの皮をかぶったロバの話も同じだが、イソップたちは権力の正体を見抜いているということだね。君たちは真理を見分ける頭脳だが、それを実際にえり分け整理する手足が民衆であることを忘れてはいけない……。」

プリストスは鎖につながれ、大神殿に引立てられた。彼を迎えたのはデルフォイの王の妹婿、神官ポリクラテス、後にギリシャ全土に名をはせたサモス僭王《せんおう》ポリクラテスの父である。

外にはすでに火刑のための火が燃え上り、音をたてて風をおこしていた。ドレイたちの群が、遠まきに、広場の外をとりかこんでいる。

「鎖を解いて差上げろ。」

意外にやさしい声で、ポリクラテスは微笑《ほほえ》みながらプリストスに近づいて言った。ポリクラテスには魂胆があったのだ。彼は旧《ふる》い秩序の確立を望んでいた。言うまでもなく、ドレイがドレイらしくなり、支配者が支配者らしくなること、そのためにはドレイの力を分裂させる必要がある。神兵たちは結局海賊にすぎない。やがて彼らだけの支配権を望みはじめるにちがいない。頭目アニウスはかなりの陰謀家であった。もう破壊の時期はすぎたのに、アニウスは一向破壊の手をゆるめようとせず、いたずらに事を荒立ててさえいるようだ。ポリクラテスを利用して、結局はポリクラテスで代表されるデルフォイを孤立させ破滅させようという魂胆なのかもしれぬ。ドレイの秩序のために、恐怖は一つの美徳であるとしても、徒《いたず》らな破壊は必ずしもその目的にかなったものでない。ポリクラテスはアニウスを疑っていた。アニウスは今に到っても、まだ頭目として、同盟者の位置を離れず、再三のすすめも拒んで、こちらの直接の統《とう》帥権《すいけん》に入ろうとしないのだ。

そうした事情をドレイたちが見ぬかぬわけはない。イソップが言うには、腹のへった犬と狐《きつね》が力を合わせて一匹の兎《うさぎ》をつかまえた。つかまえてみると欲が出た。犬と狐はつかみ合いをはじめ、兎はそのすきに逃出した。……その兎はむろん自分たちドレイのことである。独立運動は、徐々にではあったが意識づけられはじめていた。

ポリクラテスはアニウスの留守をねらい、この芝居をたくらんだのだった。ドレイたちの暗黙の指導者プリストトスを味方にして、ドレイによるドレイの支配をつくり上げなければならない。これは植民地支配の原則である。

中太の巨大な柱に支えられたバルコンの、ライオンの皮を敷いた大理石の踏石に、導かれるままプリストトスは腰を下ろした。薄い皮膚の下で、石のように固くなった筋肉がころころぶっつかりあうのを感じた。すぐ下で瀝青《れきせい》をかけてあおった火柱が、雨の日の河のような唸声《うなりごえ》をあげていた。火の巾《はば》は十メートル、その煙で空の半分は覆《おお》われてしまった。あとの半分に大粒の星がぎっしり、まるで火柱から舞立った火の粉がはりついたようだ。

ポリクラテスは王のよそおいをこらし、両手を腰にかがみこむ姿勢で、プリストトスの頭上からずるそうに微笑んだ。

「プリストトス、御承知だろうが、この火は、この裁判であなたが有罪の場合、あなたを焼くための火です。だが幸いなことに、裁判官は私一人、立合人はない。……プリストトス、いま私が幸いと言った意味がお分りですかな?」

「もし私が分るなどと答えようものなら、イソップは嘲《あざけ》ってこう言うでしょう。——鳥匠は、お客があまり晩《おそ》く訪ねてきたので、出すものが何もなく、野鳩《のばと》をおびきよせるオトリに使っていた手飼の家鳩を殺すことにした。家鳩が腹を立てて恩知らずだと言うと、鳥匠は笑って、『いやそのためにこそお前を殺すのさ。おまえは親類さえも裏切るようなやつなんだ。』」

「プリストトス、あなたは震えていますね。」

「夜気と怒りは老年にこたえます。」

「もし、幸いという意味がお分りにならない、あるいは分りたくないとおっしゃるなら、急使を出してアニウスを呼戻しましょうか。そうなれば裁判も形式だけ。あなたの罪はもう言いのがれのできないものです。第一に、教師プリストスとして。デルフォイでは、ドレイが知識人になることを大罪と考えます。第二に、異端者プリストスとして。あなたはゼウスの支配を認めない。地球を中心にして天体が廻《まわ》っているのだなどと説いていられるそうですな。馬鹿《ばか》らしい。それじゃその地球は何にのっかっているんですか、支えているものは何んですか。……まあいい、異端の説はいつでもそんなものだ。理窟《りくつ》に合わなくても、そう説くことで何か利益があるのでしょう。イオニアの連中は、自分たちが自分の利益だけを追うのに夢中だったから、平気で異端を見逃してきた。しかし、デルフォイの法律は異端への妥協を許しません。さて最後に、叛逆者イソップとして。むろん、この罪が一番大きい。そこであなたは次のような刑を受けなければならない。まず身分を忘れたドレイとしてムチ百と七つ、それに九つの烙印《らくいん》。それから異端の徒として目をくり抜かれ四肢の指を切断される。最後に舌を抜かれ火で焼かれる。……プリストス、これでも幸いという意味が分らないのですか。刑は月の出が合図だ。月が出るまでにあと一時間足らずです。しかし私はあなたの才能を無駄にしたくない。信仰をゼウスに誓い、イソップとしてドレイ共に新しい言葉を約束していただきたいのだ。秩序と服従と義務の倖《しあわ》せを説く言葉を。そうすれば私はあなたに三つの刑の代りに、三つの徳を、すなわち富と名誉と地位を差上げたいと思う。私はあなたの値打を知っているつもりです。」

「はじめの三つと、後の三つとでは、どうも釣合がとれないようだ。」

「不充分とおっしゃるのか？」

「たとえ後の三つの代りに、あなた自身をのっけてみても、釣合はとれますまい。」

「なるほど、異端は暗がりに住むことを好むものだ。異端が異端でなくなったら、もう何んの値打もなくなるのだからな。われわれは富に飾られた生命を誇りに思うが、あなたは苦痛に飾られた死が誇りだと言う。私の思い違いだったようだ。金をそえて品物を売ってもらうような取引には馴《な》れていなかったのです。」

「私もまた思想を品物にする取引には馴れていない。」

「よろしい。」ポリクラテスは激しく言った。厚いひげが生物のように動き、ひげにかくれた表情の激動が分る。「今あなたはもう一つ新しい罪をおかした。あなたは主人の顔を忘れたようだ。」

「失礼だが、それだけは冤罪《えんざい》だ。はじめから見知らぬものを忘れようがないではありませんか。」

　ことさらさりげなく答え、プリストスは、ポリクラテスの巾のある体にさえぎられた視線を、よごれた自分の裸の足に落す。ポリクラテスはぐっとそびやかした肩の上で、ゆっくり右手を振った。バルコンの両端から、武装した兵隊が二人ずつ走りよってきた。前から柱の陰に待機していたものらしい。手はずもちゃんと言いふくめられていたのだろう。別に命令も待たず手順よく、精巧なくせに不格好に見せかけた攻具の数々を並べはじめる。最後に、特別腕の長い絞首台のようなものが搬《はこ》びこまれ、さらに先に長い鎖のついた鉄の棒がその腕にそえられると、その先端がちょうど火柱の中心に突き刺さるようになった。釣糸のようにたれた鎖の端をたぐりよせ、そこにプリストスの足首が結ばれた。バルコンからつき落されれば火の中に逆づりになるという仕掛だ。

　プリストスはさからわない。首筋から胸を、肩から腕を、静かにさすって自分の体を想出そうとしているようだ。表情を変えずに、ふと、呟《つぶや》くように、するとその声に痰《たん》がからんで、ピチピチと金属的な音がまじった。

「だが、私はイソップではない。」

　ポリクラテスはあわて、全身で手をふった。刑吏たちは退った。ポリクラテスが言った。

「すると、プリストス、私の話を飲込んだわけですね。」

プリストスはうつむいたまま首をふる。ポリクラテスはせきこんで問いかける。

「では、何んのためにそんなことを仰言《おっしゃ》る。あなたがイソップでないなどと、今さら言訳にもなるまい。」

「イソップの名誉のためです。」

ポリクラテスは疑わしげに、プリストスのよごれたちぢれっ毛を眺めた。

「同じことだ。あなたがイソップでないにしても、あなたはイソップのために裁かれるのだ。」

空が明るくなって星が消えた。見物のドレイたちが風のように鳴り、月が出ると、刑の開始をつげるラッパが鳴った。

それから夏が終るまでの間に、プリストスの三人の弟子と、ドレイ蜂起《ほうき》の五人の指導者が、イソップの名において裁かれた。十人目のイソップとして、同盟者のアニウスが刑を受けたその夜、ポリクラテスは発狂し、僅《わず》かの間ではあったがサモス島は独立して、ドレイたちの民主政治にゆだねられた。それがイソップの死んだ年としてつたえられる紀元前五九八年の春である。

（「文芸」昭和二十七年十二月号）

解説

ドナルド・キーン

『砂の女』を読むまでは、私は安部公房の名前さえ知らなかった。なるほど、昭和二十六年の上半期に芥川賞《あくたがわしょう》を受賞したほどなのだから、作品はともかく、名前ぐらいは当然知っていなければならなかったが、私の不勉強で、安部氏のことも、又、同時に受賞した石川利光《りこう》氏のこともそれ以前に耳にしたことがなかった。それは多分私だけの経験ではなかろう。しかし、安部氏には昭和二十六、七年ごろに書いた好《よ》い短編がいろいろあるが、この時期はもっとよく知られてもよかったと現在の私は思うのである。

これらの短編にはすでに安部氏独特の文学的性質が認められる。『デンドロカカリヤ』『手』『詩人の生涯』『水中都市』などは登場人物の変形が大事な役割を演じている。多分その頃も、評論家の間で安部氏の作品に与えたカフカ文学の影響が問題にされ、安部氏は、グレゴール・ザムザが巨大なゴキブリに変化したということからヒントを得て、コモン君をデンドロカカリヤという植物に変化させたと解釈する学者が居たと思う。人間が動物などに変形するというようなことはローマの詩人のオウィディウスの作品に度々《たびたび》使用された方法であり、日本の怪談でも狐《きつね》が可愛《かわい》い娘に化けるということは珍しくないので、変形のテーマ自体はカフカから借りたものだと定《き》めがたい。古代の作品の例と違って現代の変形は本人の意志に逆らう過程であるとはいえ、主人公がいくらゴキブリや観賞用の植物に変ってしまっても、その性格は余り変らないのである。もっと極端に言うと、コモン君がデンドロカカリヤになった時こそ始めて本当の姿を現わすようになったと言ってもよかろう。無論、安部氏の寓話《ぐうわ》には教訓が何も入っていないので、解釈は自由にできるが、コモン君が、「眼を閉じ、まだ昇っていない太陽の方へ静かに両手を差しのべ」、「あまり見栄《みば》えのしない樹《き》」になってしまった瞬間は、所を得たと思われるかも知れない。

安部氏自身は動物に余り興味がないようだが、小説家としての安部氏は上手《じょうず》に動物を活用する。『空中楼閣』のカラキ君は猫に案内され、終点まで行き、海岸の近くにある「空中楼閣建設事務所」を訪ねる。案内してくれたのは普通の三毛猫だったと思いにくい。きっと誰か（別の短編小説の主人公？）、が変形したのだと思うが、既に長いこと猫として暮してきたため、人間の言葉が自由に使えなくなってしまったか、この話には何となく人間臭いところがあるようだ。カラキ君は三毛猫を見るやいなや、「直観的にその猫が事務所と関係あることを見抜いた」と言うが、きっとその猫には相当の説得力があったのだろう。

動物を上手に登場させるということはイソップ以来の長い伝統を嗣《つ》ぐものである。イソップに特別な関心があったためか、安部氏は『イソップの裁判』という短編を書いたが、ユーモアが欠けているという点で安部氏の短編としては珍しく、同時にイソップを取扱った作品としてはもっと珍しいと言える。相当政治的な色の濃い作品であるが、当時の著者の政治観が映っているのだろう。

その他の短編には安部氏の独特のユーモアがすばらしい程よく発揮されている。『手』の主人公は、「かつておれは伝書鳩《でんしょばと》であった」と自己紹介するが、何回も変形を遂げた後に、自分を養ったり搾取《さくしゅ》したりした元軍人を殺すような弾《たま》になってしまう。『飢えた皮膚』の主人公は金持の婦人に侮辱され、復讐《ふくしゅう》の手段として、彼女に手紙を出し、「カメレオンやアマガエルやヒラメのように、外界の色に応じて皮膚の色が様々に変るという、恐ろしい病気」にかかっているということを知らせる。何とみごとな、安部氏らしい復讐だろう。

『ノアの方舟《はこぶね》』の中では安部氏がノアの方舟の背景としてエホバ様とサタン様がどの

ように宇宙を創造したかということを述べるが、最後に、暴君だったノアが嫌らしいよっぱらいになってしまい、語り手が、「私にねがえることはただ、この愚かなアル中患者に関する伝説が、せめて誤り伝えられぬことをねがうだけでした」と皮肉る。『プルートーのわな』は完全な寓話であり、オルフォイスとオイリディケというねずみの夫婦がプルートーという恐ろしい猫に食われる次第を物語る。

勿論《もちろん》、これらの作品の狙《ねら》いは、読者を笑わせるだけでなく、何らかの社会的現象を諷刺《ふうし》していたが、仮に現在の安部氏の思想が昭和二十六、七年の思想と多少変ってきたとしても、文学性が溢《あふ》れる作品ばかりなので、われわれの鑑賞には何の妨げも感じない。

当時の政治思想を文学作品という媒体で暗示的に批評することが安部氏の目的の一つであったようだが、「私小説」的な要素が至って少ない。『飢えた皮膚』の冒頭には満洲《まんしゅう》における安部氏の体験を思わせるような描写が多少出ているとは言え、小説全体が自伝的であったとは一寸《ちょっと》思えないのである。安部氏は白状するような必要も感じないし、自分が受けた傷を見せびらかすような作家でもない。それよりも自分と全く関係のない材料を取上げ、適当に空白を残しながら、安部氏でなければ期待できないような小説を編み合せる。

私は自伝的な要素が極《きわ》めて少ないと指摘したが、そういう要素は無意識的に現われることがある。昭和二十二年に、自費でガリ版刷りの『無名詩集』を出し、それを売るために、親戚《しんせき》や友人の多い北海道へ片道の切符を買って出かけたが、五十円の詩集はなかなか売れなくて大いにがっかりしたと聞いたことがあるが、他の小説家なら、この不愉快な経験を生かして何か書いたはずだが、安部氏は一切それに触れていない。その代り、その頃の小説の中には言いようもないような貧しい雰囲気《ふんいき》が漂っているのである。そういう雰囲気をかもし出す意図は安部氏の中にはなかったと思うが、当時の多くの日本人にとってはこれらの短編に現われている「世界」は一番特徴のない、普通のものであったであろう。

昭和四十二年に書かれた戯曲『友達』は、『闖入者《ちんにゅうしゃ》』に基いたものだけれども、明らかに時代が違っている。昭和二十六年の作品の主人公は便所も台所もついていない狭い部屋に住んでいる。終戦直後に建築された安アパートの廊下の貧しい匂《にお》いまで小説の事件の中に何となく配合されている。それに対して『友達』の主人公は金持ではないらしいが、アパートには電話もあれば冷蔵庫もある。そして「闖入」する家族は彼の月給袋を狙っていることは事実であるが、それはただそれだけのことであり、闖入した理由ではない。被害者の金よりも彼の「魂」を取りに来たのである。貧困に悩まされていた昭和二十五、六年頃の著者は自由の問題にまで考え付くような余裕がなかったと思う。

　終戦直後に書いた作品の中に——無意識的にしろ——時代の雰囲気を織り込んだということは勿論欠点にならず、むしろわれわれ読者を喜ばせてくれる。しかし、時代を超越する『砂の女』や『箱男』のような作品と比較すると、文学に対する作家の態度がいく分か変化したと認めざるを得ないと思う。

　ところが、安部氏の作品は初期から非現実的な要素が非常に多い。「おれは餓《う》えていた」というようないかにも写実的な出だしを読んで行くと、並大抵の作家が書いたものだったら、そこから始まる小説の発展が大体想像できるが、「そしてある日、おれの皮膚は死の不安に似た冷たさを感じ、暗い緑色に変っていた」というような結末は安部氏でなければ思い付かないと思う。結末を読むと、安部氏はふざけているのではないかと不安を感じる読者がいるかも知れないが、安部氏の場合、ふざけるということは真面目《まじめ》さと矛盾しない。人間の喜劇には悲壮な場面が多いが、喜劇だと定めてしまわなければ、耐えられないほど苦痛だろう。

　この短編集の中で、私がもっとも気に入っている『水中都市』は一番ユーモアが多い作品の一つであろう。「ショウチュウを飲みすぎると、人間は必ず魚類に変化するんだ。現におれのおやじも、おれの見ている前で魚になった」。という文章で始まる小説はなかなかやめられない程興味をそそる。語り手の父親は、「おまえ、お父さんは妊娠《にんしん》したのかもしれない」と言い、男が産む場合、赤坊ではなく、死が産れると予言する。そして父親が言った通り、平べったい、口の大きな魚を産み、人間の頭をちぎったり語り手をおどかしたりする。小説の最後に、「おれはその風景を理解することに熱中しはじめているのだった。／この悲しみは、おれだけにしか分らない……」と言う。

この作品に限らず、安部氏の文学には著者にしか分らないテーマがあろう。その難解さは未来の注釈者達の日々の糧《かて》を得る手段になるだろうし、現在でも作品の意味を分析したり、イメージのカテゴリーを分類したり、安部氏にしか分らないはずの秘密を嗅《か》ぎ廻《まわ》ったりして、立派な論文を書く連中がいるが、正直に言って、私にはそういう論文の目的がよく分らない。もし安部氏がもっとはっきりと何らかのメッセージを伝えたいと思っていたら決して書けないことはなかった。「保護色人種」には何か深い意味の隠喩《いんゆ》があるかどうか私にはよく分らないし、読者に私なりの「解釈」を押し付けることは遠慮したい。安部氏の短編を説明したら、詩の説明や歌舞伎《かぶき》のあらすじみたいなものになってしまう恐れがある。説明できないところにこそ安部文学の魅力が籠《こも》っているのである。

安部氏の文学はカフカやリルケなどと度々比較されてきたが、その文学に与えた影響に関する論文はあとを断たない。私には影響の有無については全く興味がない。影響は別問題として、安部文学の中に存在する哲学的な要素や現代絵画や写真との関係は、学問的な研究に価《あたい》するということは認めるが、これらの初期の短編の場合は、もっとすなおに、もっと楽しく読んで頂きたいと思う。そうしない読者は保護色人種になる可能性が多いと忠告する次第である。

（昭和四十八年六月、コロンビア大学名誉教授）

安部公房著　人間そっくり

《こんにちは火星人》というラジオ番組の脚本家のところへあらわれた自称・火星人――彼はいったい何者か？　異色のＳＦ長編小説。

安部公房著　燃えつきた地図

失踪者を追跡しているうちに、次々と手がかりを失い、大都会の砂漠の中で次第に自分を見失ってゆく興信所員。都会人の孤独と不安。

安部公房著　砂の女　読売文学賞受賞

砂穴の底に埋もれていく一軒屋に故なく閉じ込められ、あらゆる方法で脱出を試みる男を描き、世界20数カ国語に翻訳紹介された名作。

安部公房著　箱男

ダンボール箱を頭からかぶり都市をさ迷うことで、自ら存在証明を放棄する箱男は、何を夢見るのか。謎とスリルにみちた長編。

安部公房著　密会

夏の朝、突然救急車が妻を連れ去った。妻を求めて辿り着いた病院の盗聴マイクが明かす絶望的な愛と快楽。現代の地獄を描く長編。

安部公房著　笑う月

思考の飛躍は、夢の周辺で行われる。快くも恐怖に満ちた夢を生け捕りにし、安部文学成立の秘密を垣間見せる夢のスナップ17編。

安部公房著

友達・棒になった男

平凡な男の部屋に闖入した奇妙な9人家族。どす黒い笑いの中から〝他者〟との関係を暴き出す「友達」など、代表的戯曲3編を収める。

安部公房著

方舟さくら丸

地下採石場跡の洞窟に、核シェルターの設備を造り上げた〈ぼく〉。核時代の方舟に乗れる者は、誰と誰なのか？　現代文学の金字塔。

安部公房著

カンガルー・ノート

突然〈かいわれ大根〉が脛に生えてきた男を載せて、自走ベッドが辿り着く先はいかなる場所か――。現代文学の巨星、最後の長編。

筒井康隆著

夢の木坂分岐点

谷崎潤一郎賞受賞

サラリーマンか作家か？　夢と虚構と現実を自在に流転し、一人の人間に与えられた、ありうべき幾つもの生を重層的に描いた話題作。

筒井康隆著

虚航船団

鼬族と文房具の戦闘による世界の終わり――。宇宙と歴史のすべてを呑み込んだ驚異の文学、鬼才が放つ、世紀末への戦慄のメッセージ。

筒井康隆著

旅のラゴス

集団転移、壁抜けなど不思議な体験を繰り返し、二度も奴隷の身に落とされながら、生涯をかけて旅を続ける男・ラゴスの目的は何か？

大江健三郎著
性的人間
青年の性の渇望と行動を大胆に描いて波紋を投じた「性的人間」、政治少年の行動と心理を描いた「セヴンティーン」など問題作3編。

大江健三郎著
個人的な体験
新潮社文学賞受賞
奇形に生れたわが子の死を願う青年の魂の遍歴と、絶望と背徳の日々。狂気の淵に瀕した現代人に再生の希望はあるのか？　力作長編。

大江健三郎著
ピンチランナー調書
地球の危機を救うべく「宇宙?」から派遣されたピンチランナー二人組！　内ゲバ殺人から右翼パトロンまでをユーモラスに描く快作。

大江健三郎著
同時代ゲーム
四国の山奥に創建された《村＝国家＝小宇宙》が、大日本帝国と全面戦争に突入した!?　特異な構想力が産んだ現代文学の収穫。

大江健三郎
古井由吉著
文学の淵を渡る
私たちは、何を読みどう書いてきたか。半世紀を超えて小説の最前線を走り続けてきたふたりの作家が語る、文学の過去・現在・未来。

大江健三郎著
私という小説家の作り方
40年に及ぶ作家生活を経て、いまなお前進を続ける著者が、主要作品の創作過程と小説作法を詳細に語る「クリエイティヴな自伝」。

井上靖著

敦（とんこう）煌

毎日芸術賞受賞

無数の宝典をその砂中に秘した辺境の要衝の町敦煌——西域に惹かれた一人の若者のあとを追いながら、中国の秘史を綴る歴史大作。

井上靖著

蒼き狼

全蒙古を統一し、ヨーロッパへの大遠征をも企てたアジアの英雄チンギスカン。闘争に明け暮れた彼のあくなき征服欲の秘密を探る。

井上靖著

楼（ろうらん）蘭

朔風吹き荒れ流砂舞う中国の辺境西域——その湖のほとりに忽然と消え去った一小国の運命を探る「楼蘭」等12編を収めた歴史小説。

井上靖著

額《ぬか》田《たの》女《おお》王《きみ》

天智、天武両帝の愛をうけ、〝紫草《むらさき》のにほへる妹〟とうたわれた万葉随一の才媛、額田女王の劇的な生涯を綴り、古代人の心を探る。

井上靖著

後白河院

武門・公卿の覇権争いが激化した平安末期に、権謀術数を駆使し政治を巧みに操り続けた後白河院。側近が語るその謎多き肖像とは。

井上靖著

孔子

野間文芸賞受賞

戦乱の春秋末期に生きた孔子の人間像を描く。現代にも通ずる「乱世を生きる知恵」を提示した著者最後の歴史長編。野間文芸賞受賞作。

川端康成著

掌の小説

優れた抒情性と鋭く研ぎすまされた感覚で、独自な作風を形成した著者が、四十余年にわたって書き続けた「掌の小説」122編を収録。

川端康成著

舞姫

敗戦後、経済状態の逼迫に従って、徐々に崩壊していく〝家〟を背景に、愛情ではなく嫌悪で結ばれている舞踊家一家の悲劇をえぐる。

川端康成著

山の音

野間文芸賞受賞

得体の知れない山の音を、死の予告のように怖れる老人を通して、日本の家がもつ重苦しさや悲しさ、家に住む人間の心の襞を捉える。

川端康成著

みずうみ

教え子と恋愛事件を引き起こして学校を追われた元教師の、女性に対する暗い情念を描き出し、幽艶な非現実の世界を展開する異色作。

川端康成著

眠れる美女

毎日出版文化賞受賞

前後不覚に眠る裸形の美女を横たえ、周囲に真紅のビロードをめぐらす一室は、老人たちの秘密の逸楽の館であった——表題作等3編。

川端康成著

古都

捨子という出生の秘密に悩む京の商家の一人娘千重子は、北山杉の村で瓜二つの苗子を知る。ふたご姉妹のゆらめく愛のさざ波を描く。

水中《すいちゅう》都《と》市《し》・デンドロカカリヤ

新潮文庫　あ－4－7

昭和四十八年七月三十日 発行
平成二十三年九月五日 三十五刷改版
令和二年十月十日 三十九刷

著者 安《あ》部《べ》公《こう》房《ぼう》

発行者 佐藤隆信
発行所 株式会社 新潮社
郵便番号 一六二―八七一一
東京都新宿区矢来町七一
電話 編集部(〇三)三二六六―五四四〇
読者係(〇三)三二六六―五一一一
http://www.shinchosha.co.jp

価格はカバーに表示してあります。

乱丁・落丁本は、ご面倒ですが小社読者係宛ご送付ください。送料小社負担にてお取替えいたします。

印刷・大日本印刷株式会社　製本・株式会社大進堂

ISBN978-4-10-112107-9 C0193